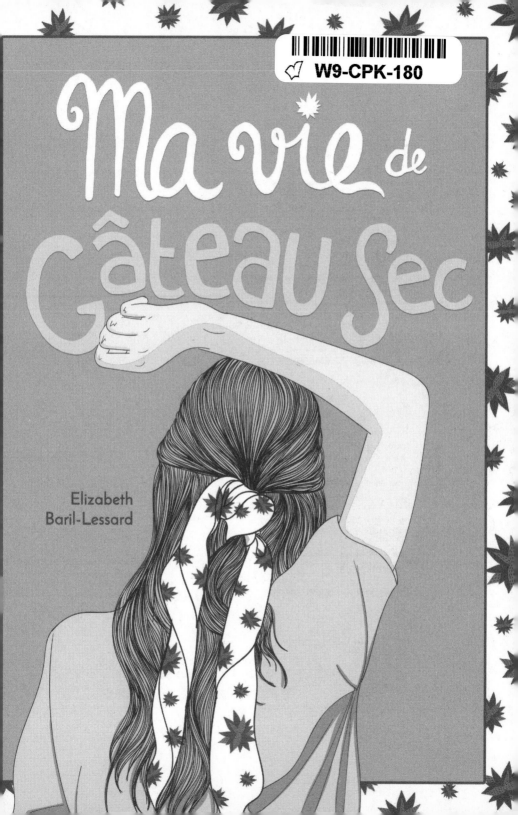

Québec

Crédit d'impôt livres

Gestion **SODEC**

Gouvernement du Québec - Programme de crédit d'impôt
pour l'édition de livres - Gestion Sodec

Ma vie de gâteau sec
© Les éditions les Malins inc.
info@lesmalins.ca

Éditeur: Marc-André Audet
Directrice littéraire: Katherine Mossalim
Autrice: Elizabeth Baril-Lessard
Correctrices: Fleur Neesham et Stéphanie Phaneuf
Directrice artistique: Shirley de Susini
Conception de la couverture: Shirley de Susini
Mise en page: Diane Marquette
Photo de l'auteure: © Éva-Maude TC
Crédits images: shuttertock.com

Dépôt légal - Bibliothèque et Archives nationales du Québec, 2019
Dépôt légal - Bibliothèque et Archives Canada, 2019

ISBN: 978-2-89657-900-6
ISBN PDF: 978-2-89810-011-6
ISBN ePub: 978-2-89810-010-9

Imprimé au Canada

Les éditions les Malins inc.
Montréal (Québec)

Financé par le gouvernement du Canada **Canadä**

ASSOCIATION NATIONALE DES ÉDITEURS DE LIVRES

TOUS LES LIVRES DES MALINS
SONT ÉGALEMENT DISPONIBLES
EN FORMATS NUMÉRIQUES

Ma vie de Gâteau Sec

Remerciements

Un immense et profond merci aux guerriers et guerrières des Malins (Marc-André, Katherine, Marianne... vous êtes trop nombreux, ça va prendre 20 pages!). Votre confiance, votre sensibilité et votre folie ont fait toute la différence.

Merci à Première Ovation et à Émilie Turmel de m'avoir ouvert la première porte et d'avoir fait entrer dans ma vie Martine Latulippe. Martine, tu as été ma sage-femme (dans tous les sens du terme) pour la création de ce livre. Et j'ai maintenant le grand privilège de te considérer comme une amie.

Merci à Vicky et à Julie-Claude pour les lectures et corrections.

Merci à ma belle-famille (elle porte bien son nom) et à ma grande et forte Alice.

Merci à Môman, Pôpa, Tito, Marc et Ricky. Vous êtes encore et toujours mon public numéro un, celui qui rit de mes blagues même quand elles sont plates. Vous avez toujours cru en mes histoires. Je vous aime.

Merci à Vincent, alias mon mari précieux (même si on n'est pas mariés dans cette dimension). C'est par ta douceur, ton sourire et ton temps que tu m'as fait comprendre que ma voix aussi valait la peine d'être entendue.

À tous ceux et celles qui ont peur

CHAPITRE 1

Forêt amazonienne et yéti

J'ai envie de me cacher dans un habit de neige une pièce mauve pastel rayé jaune fluo. Sophie, ma prof de danse, essaie, à sa manière, de m'aider.

— Longtemps dans quel sens ? Longtemps comme deux jours ou longtemps genre deux grosses années ?

Je ne sais jamais si elle me prend au sérieux quand elle me parle. Peut-être que je n'ai juste pas l'habitude de l'entendre dire des vrais mots. En tant que prof de danse hip-hop, quand elle ouvre la bouche, c'est généralement pour compter et faire des sons en suivant le rythme de la musique. Mais ça vaut quand même la peine d'essayer de lui expliquer mon problème. Le spectacle commence dans 15 minutes et, à part l'habit de neige, je ne vois pas de solutions miracles.

— Je... longtemps comme plusieurs semaines. Ma mère m'amène une fois aux deux mois chez l'esthéticienne... Après l'essayage, je m'étais promis de prendre rendez-vous, mais j'ai oublié! J'y pense pas à ce genre d'affaires là, pis... pis on sort juste de l'hiver en plus!

– OK! OK! C'est pas grave. Ça arrive à toutes les filles d'avoir du poil en dessous des bras, hein! On finit toutes par avoir un moment où certaines parties de notre corps sont pas parfaites-parfaites...

Certaines parties de notre corps... ouin. Dans la situation où je me trouve, disons que c'est un peu plus que pas parfait-parfait. Je suis en troisième secondaire, nouvellement dans le niveau 4 de la troupe de danse-étude de mon école. Niveau 4, c'est comme le top du top. Pour ceux qui ne connaissent pas la danse, ça équivaut à faire partie de la meilleure équipe de Génies en herbe, si tu as une caboche de feu, ou, si tu es plus sportif, c'est comme être dans la meilleure équipe de hockey de la ville.

Puisque, depuis cette année, mon école propose des programmes sport-étude, je devais choisir une discipline sportive que j'allais pratiquer tous les jours. J'ai passé l'audition sans trop savoir ce que ça impliquait. Je fais de la danse depuis longtemps et j'adore ça, mais c'est tout. L'audition était super difficile. On devait suivre une chorégraphie en groupe qu'on apprenait en direct, avec une prof vraiment bonne.

Les profs qui donnent les cours en sport-étude sont des danseurs professionnels. Ils font ça de leur vie. Ils sont payés pour danser : c'est fou ! J'essayais donc de suivre, mais je manquais des mouvements. Je n'étais pas la seule. Autour de moi, des filles de tous âges donnaient tout ce qu'elles avaient pour gagner leur place dans une des troupes. J'essayais de ne pas trop me comparer, même si j'étais vraiment impressionnée de faire la même chorégraphie que les finissants de l'école. En danse, l'âge n'a pas d'importance. Les profs forment les groupes selon les forces de chacun, peu importe dans quelle année on est.

Malgré mon stress, je suis sortie de là avec la sensation d'avoir fait de mon mieux, ce qui ne m'arrive pas souvent. Quelques jours plus tard, surprise ! J'étais sélectionnée dans le plus haut niveau. Je capotais ! Du jour au lendemain, je me suis mise à passer mes après-midi avec des filles de secondaire 4 et 5. Je n'en revenais pas !

— Louane, montre-moi. Je suis certaine que c'est pas si pire.

Pas si pire ! Cinq minutes avant le spectacle ! Je suis la plus jeune de mon groupe, mon petit corps pas formé pantoute est dans une camisole jaune œuf de Pâques et j'ai deux forêts amazoniennes en dessous des bras !

— Je veux pas te montrer. C'est... je sais pas quoi faire.

— Ben voyons, là, fais pas ton bébé, le *show* commence bientôt. Poils pas poils, va falloir que tu danses, OK ? T'avais juste à y penser avant, ma fille !

Ma fille ! Sophie a seulement cinq ans de plus que moi et elle me parle comme si elle était une vieille danseuse de ballet qui veut m'apprendre la vie. Mais bon, comme les autres de mon groupe, elle a commencé la danse super jeune, ce qui lui donne automatiquement de l'autorité sur moi. Le visage chaud de honte, je lève un de mes bras devant ma super trop cool prof de danse, qui va assurément rire de mon surplus apparent de barbe de bras.

Elle ne dit rien.

— C'est... pas... c'est correct, là... ça se voit presque pas.

Super! Je vais devenir LA fille avec des yétis sous les bras. LA fille qui fait rire d'elle parce qu'elle ne sait pas utiliser un rasoir. Celle qui ne sait pas du tout comment s'arranger (la camisole jaune est un costume au moins, on est toutes habillées pareil) et qui cultive des jardins secrets sous ses aisselles!

La prof est rouge fraise du Québec. Elle ne veut surtout pas me dire que c'est terrible, mais elle ne peut pas non plus me mentir sur ma belle peau INVISIBLE sous cette accumulation de poils.

J'entends mon groupe qui crie en coulisses. Le spectacle commence. OK, j'y vais. Peut-être que, par miracle, je vais tellement bien danser que personne ne va apercevoir les deux tapis de bain en dessous de mes bras. Peut-être que la couleur jaune poussin de ma camisole, combinée à l'éclairage de scène, va éblouir complètement les spectateurs. Oui, oui! C'est possible! Pas vrai?

CHAPITRE 2

Robe de chambre chiots et œil qui louche

J e m'appelle Louane, j'ai 14 ans et être poilue ne fait
pas partie de mes caractéristiques principales.

Je voulais le préciser parce que, même si je suis super
nulle dans tout ce qui est coiffure, maquillage... bon,
OK, dans TOUT ce qui est esthétique, eh bien, j'ai
quand même l'air d'une patente qui a de l'allure.
«Patente», ce n'est peut-être pas le bon mot, mais
même si je ne me trouve pas particulièrement dégoûtante, souvent je me sens un peu comme une personne/
patente/affaire bizarre.

La vérité, c'est que j'ai tout ce qu'il me faut pour être
bien dans ma peau et me faire des amies, genre une
tête et deux jambes. Je n'ai pas l'air spécialement bizarre.
Je sens que je le suis, intérieurement, mais physiquement,
quand on me voit, on ne le sait pas. Je n'ai pas de corne
sur le nez ou de grains de beauté énormes en forme
d'araignée. En plus, moi, c'est des choses qui ne me
dérangent même pas, les immenses affaires qui

débordent chez les autres. Je ne sais pas pourquoi. Un œil qui louche ou, je ne sais pas, moi... des cheveux gras, ça ne me met pas mal à l'aise. Ça ne m'empêche pas de regarder la personne normalement. Je trouve que le reste du monde remarque vraiment trop les trucs qui clochent chez les autres.

En tout cas. Même si je n'ai pas l'air particulièrement bizarre, j'ai de la difficulté à parler aux gens.

Exemple le plus commun : je suis dans ma classe. Je connais presque tous les élèves qui sont à côté de moi depuis trois ans. Mon prof est super gentil, pas stressant du tout. Malgré tous ces éléments réconfortants (pas autant que ma robe de chambre chiots quand même), je ne suis pas capable de lever ma main pour quoi que ce soit. Si j'ai la réponse, je me tais. Si j'ai une question, je me tais. Si j'ai la vessie pleine comme la plus grosse balloune d'eau que mon frère pourrait me lancer sur la tête, je me tais. Je suis une muette sociale. J'ai une inca-pacité à ouvrir la bouche, à dire des simples petits mots que je connais depuis que je suis minuscule, comme « est-ce que je peux aller à la salle de bain, s'il vous plaît ? ».

C'est un exemple simple. Mais j'en ai des millions ! Ma vie est déjà lourde de moments où j'aurais pu parler, mais qu'on dirait que ma voix est partie en camping sauvage. Je doute encore de la cause de mon problème. Peut-être que je suis beaucoup trop timide – si c'est ça, je ne vois pas comment je vais réaliser mon rêve de devenir danseuse. À moins que ce soit juste ma voix qui est timide ? Peut-être que mon corps, lui, peut parler à ma place... On verra. Ou bien je suis moins intelligente que les autres. Ça se peut aussi. Peut-être que je ne maîtrise pas bien les mots et que c'est pour me protéger que ma tête m'empêche de parler. Elle coupe ma voix en public pour que je n'aie pas l'air ridicule devant tout le monde. C'est intelligent, une tête.

Malgré mes difficultés à parler aux autres, j'ai quand même une amie, Alice. Avec elle, je ne me retiens pas. On peut parler des heures et des heures du même sujet et on ne se tanne jamais. Alice vient d'une famille où tout le monde parle tellement fort qu'elle a appris à crier au quotidien pour se faire entendre. C'est une crieuse professionnelle. Elle n'a pas de piton pour baisser le son, elle a un seul volume et elle le garde à fond en tout temps. Ce n'est donc pas une bonne idée de lui parler du gars sur qui je tripe entre deux rangées de cases à l'école. Ça finit par :

– QUOI ?! TU TRIPES SUR ELLIOT !

La moitié de l'école l'entend et toute relation devient impossible entre mon *kick* et moi.

Sinon, Alice est super gentille. Une chance que je l'ai, parce qu'une journée à l'école sans parler, c'est long! Dans mes cours de danse au moins, je n'ai pas besoin de dire un mot, je peux juste écouter... et danser.

CHAPITRE 3

Quatre affaires qui font peur (cinq, si j'ajoute les mottons de tissu rose fluo)

Sophie replace une mèche de cheveux derrière son oreille pour la millième fois depuis le début de notre réunion.

«Jeudi midi, vous avez juste à prendre le bus de ville et vous rendre à Place Lau. Rendu là, c'est rapide. J'ai dit à la vendeuse que vous alliez toutes passer pour essayer la camisole pour le match de basket. C'est beau?»

Ah... le fameux basket. Ça fait des années que les élèves se battent pour qu'on ait notre propre équipe de *cheerleading* à l'école. En attendant, c'est nous, les danseuses les plus qualifiées, qui devons nous occuper de motiver la foule durant les matchs. Je ne peux pas dire que ce sont mes moments préférés, mais au moins ça nous pratique à danser devant public.

Revenons aux instructions de ma prof de danse. Dans ce qu'elle vient de dire, il y a au moins quatre affaires qui me font peur.

1 - Jeudi midi. MIDI. Le midi, je mange presque toujours un lunch. Manger à la cafétéria, c'est trop long et tout goûte pareil (ils mettent la même sauce sur tous les plats). Et j'ai beaucoup trop peur d'aller acheter quelque chose à l'extérieur de l'école. Oui, je sais, peur. J'ai peur d'être en retard, j'ai peur de me perdre, d'aller trop loin, j'ai peur de ne pas aimer ce que je vais avoir dans mon assiette, peur, peur et peur. Je n'ai jamais été aventureuse dans la vie, mais il me semble que le mot «peur» a commencé à contaminer la plupart de mes pensées cette année.

2 - Bus de ville. Je suis déjà stressée de m'aventurer à pied autour de mon école, imaginez prendre l'autobus. Je n'ai jamais pris l'autobus de ville de ma vie, sauf avec ma mère. Je ne connais pas le coin où je dois aller ni les arrêts...

3 - Place Laurier. Place Lau, c'est le diminutif de Place Laurier. Je pense même que les adultes disent Laurier Québec, mais ça commence à être compliqué et on sait déjà que c'est à Québec, donc pas besoin de le répéter dans le nom, il me semble. Ce centre commercial, il est grand et loin, à au moins 20 minutes de bus. Je

vais me perdre, ne pas revenir à temps ou tomber dans une bouche d'égout et devoir vivre avec les rats pour le reste de ma vie.

4 - Encore une camisole ! Là, il va falloir que je planifie mon affaire et que je n'arrive pas une deuxième fois les poils à l'air devant tout le monde. Personne ne m'a fait de commentaires après le spectacle de la camisole jaune poussin, mais je ne peux pas répéter cette erreur une deuxième fois. J'ai beau être un peu bizarre, je vais essayer de ne pas contribuer davantage à ma solitude.

Je n'ai pas le choix d'aller essayer le nouveau costume au magasin. La prof doit avoir toutes nos grandeurs d'ici jeudi. Si je manque l'essayage, je vais me retrouver avec une camisole trop grande que je vais perdre devant tous les garçons de l'équipe de basket. Mon plan, c'est donc de m'accrocher (spirituellement, là) à l'une des filles de mon groupe, qu'on appellera Danseuse n° 1, et de la suivre du début à la fin de la mission. Pourquoi la n° 1 et pas la 4 ? Parce que, malgré son tempérament de *Popsicle* comparable à celui de ses clones, je sais que celle-là ne voudra pas revenir en retard de notre périple. Elle est, je dois le dire, la moins pire quand même correcte personne de mon groupe.

Il y a neuf autres filles dans le groupe, toutes plus vieilles que moi. Je sais, ce n'est pas une raison pour ne pas être amies, mais c'est fou comme je me sens loin d'elles. Comme si, chaque fois que j'essayais de comprendre de quoi elles parlent, c'était dans une autre langue. Mais Danseuse n° 1, elle, me montre parfois certains mouvements quand elle voit que j'ai de la difficulté à suivre.

Dès la fin de mon cours jeudi matin, je me dépêche de me rendre près de sa case. Elle est là, calme malgré l'immense jungle qui nous attend. Elle prend son sac et son lunch. Bon truc. J'ai le mien aussi tout prêt, au cas où l'aventure serait plus longue que prévu. Je suis Danseuse n° 1 jusqu'à l'arrêt de bus. Je sais, je sais, je devrais lui parler, ce serait tellement plus simple et on pourrait vivre ce moment difficile ensemble, mais rappelons-nous que je suis timide/demi-intelligente.

Le bus de ville arrive presque tout de suite. Ouf! Une grosse étape de faite. Danseuse n° 1 s'assoit et commence à manger son lunch. Je devrais peut-être faire la même chose. Le seul problème, c'est que mon plat à moi, il doit être réchauffé. Bon, au diable la bouffe réconfortante! Je commence à manger mon pâté à la viande froid, en m'imaginant à chaque bouchée qu'il me brûle doucement la langue.

Bonne chose de faite. Un stress de moins sur les épaules. Après une vingtaine de minutes, je vois Danseuse n° 1 appuyer sur un bouton rouge. C'est notre arrêt. Pour l'instant, ça va! Je descends du bus et la suis, direction Place Lau.

Arrivée au magasin, ma partenaire de danse me remarque. Je n'ai pas reçu de formation d'espionne 101, je ne pouvais donc pas continuer à la suivre secrètement à l'infini. Je lui fais un sourire de salutation. Elle me sourit à peine. Danseuse n° 1 et les numéros suivants observent certaines règles dans leurs rencontres humaines. Si l'une d'elles a besoin de moi pour quelque chose et qu'on se trouve dans un lieu isolé, elle va me parler, me sourire même. Mais dès qu'on est devant du monde, les sourires se réduisent de moitié et la parole disparaît.

Elles ne sont pas méchantes. Je ne fais juste pas partie de la gang. Je me rassure en me disant que ça pourrait être pire. Elles pourraient me juger à voix haute. Non, elles ont juste choisi de faire comme si je n'existais pas la plupart du temps.

La vendeuse me demande ma grandeur: « Le plus petit que vous avez s'il vous plaît. » Super chance, il y a du x-small. Une fois seule dans la cabine d'essayage, je ne comprends rien. C'est une camisole, ça? On dirait un gros motton de tissu rose fluo et noir. Il y a des bandes, des lacets. Je ne sais même pas ce qui va devant et derrière. Je fais quoi ? Si je sors de même, je vais me retrouver à moitié nue devant la vendeuse ET la fille de ma troupe de danse. Je remets mon chandail et sors.

— Madame, s'cusez, je comprends pas comment mettre la camisole.

— Qu'est-ce que tu comprends pas, ma belle ?

Ici, c'est important de dire que, dans la bouche de la vendeuse, « ma belle » n'est pas une appellation douce et compatissante pour me rassurer et pour m'inciter à lui demander de l'aide. Non. Ça veut plutôt dire « ma pauvre petite » ou bien « ma petite qui connaît rien ».

— J'ai essayé, mais les cordons se mélangent et je sais pas où est le devant.

— Le devant, c'est le côté rose.

— Mais... c'est bas, je veux dire, c'est décolleté pas mal, non ?

Son sourire est diabolique. Elle me trouve stupide et ça fait son bonheur. Belle histoire à raconter à ses collègues après : « Eille, y'a une petite fille qui savait même pas comment mettre une camisole, ha ha ! »

Danseuse n° 1 sort de la cabine. Elle dit que ça lui fait et précise haut et fort qu'elle porte encore du *small* malgré qu'elle soit en secondaire 5. Je n'ai même pas le droit à un demi-sourire cette fois. La vendeuse la fait payer et revient me voir.

    — T'as juste à mettre un *top* avec une couleur qui fitte pis tu vas être correcte. C'est fait de même, tu comprends ?

    — Oui, oui. OK, un *top*.

Je fais comme si je comprenais. Je dois mettre un *top*. Une brassière de sport, genre ? Je n'ai pas ça chez moi. Déjà que j'ai de la difficulté à me rappeler que je dois enlever le poil en dessous de mes bras, je dois maintenant m'acheter un morceau de linge que je ne connais même pas. Ça va mal. Je remarque des *tops* – du moins, ce que je pense en être – dans un bac à l'avant du magasin. J'en prends un rose, pour avoir une continuité de couleur, puis vais à la caisse. Je dois vite partir et retrouver Danseuse n° 1 avant qu'elle retourne à l'école sans moi. Je n'ai pas remarqué quel bus on devait prendre et les cours recommencent dans 30 minutes. Pas de panique,

Danseuse n° 1 doit sûrement regarder d'autres vêtements quelque part.

Je paie, remercie la caissière et lui adresse dans ma tête
un «ma belle» qui veut dire «ma méchante caissière
non aidante». Même si je ne sais toujours pas c'est quoi
un *top*, mon instinct est bon puisque je vois Danseuse
n° 1 devant une vitrine, en train de regarder des jeans
trop serrés. Je la suis en faisant semblant de magasiner
moi aussi. En vérité, rien ici ne m'intéresse. Si j'avais le
choix, je préférerais être dans une friperie. Pour moi,
consommer vient avec utilité. Du linge c'est utile, oui,
mais une fois que tu es bien au chaud, je ne vois pas
l'intérêt d'acheter un *top* rose nanane.

Le retour à l'école se fait dans la panique d'être en
retard. J'ai réussi la première étape de ma mission ultime,
qui est de me rendre saine et sauve à mon prochain
spectacle de danse. L'incident du poil a fait monter la
pression pour ma préparation au grand jour. Je veux que
tout soit parfait, avant comme pendant. Je sais que c'est
seulement un numéro de danse durant une partie de
basketball (ce qui, selon moi, fait beaucoup trop film
américain), mais chaque représentation devant public
est importante. On ne sait jamais, l'homme de ma vie
va peut-être se trouver dans les gradins et tomber

instantanément en amour avec moi quand il va me voir danser, l'aisselle parfaitement lisse.

J'arrive à mon cours cinq minutes à l'avance. Alice est déjà à sa place.

— T'AS RÉUSSI À SUIVRE DANSEUSE N° 1 JUSQU'À PLACE LAU ?

— Oui, oui.

Quand on parle de ma troupe, je m'en fous qu'Alice parle fort. Danseuse n° 1 est plus vieille que nous et, à part certains garçons qui bavent dessus, personne ne la connaît dans mon cours. Je profite de la présence d'Alice pour lui demander son avis.

— Mets-tu ça, toi, des *tops* ?

— DES *TOPS* ? DES BRASSIÈRES DE SPORT, GENRE ?

Bon, là, ça me dérange un peu qu'elle parle fort. J'ajoute le mot « brassière » à la liste des trucs qui me font rougir en public. Si je ne veux pas me ramasser avec une paire de bobettes sur la poitrine, je dois quand même lui poser la question.

— Ouin, j'pense. Je dois en mettre un en dessous de ma camisole. Ça ressemble-tu à ça ?

Je sors subtilement le *top* rose bonbon de mon sac. Alice le soulève pour l'observer. Des fois, je pense que même son corps a appris à parler plus fort que les autres dans sa famille.

— IL EST BEAU ! JE CONFIRME, CE MINUS-CULE BOUT DE TISSU, CONÇU UNIQUE-MENT POUR LES FILLES AUX PETITS SEINS...

— Ou aux non-seins comme moi.

— OU AUX NON-SEINS COMME TOI, EST SANS AUCUN DOUTE UN *TOP* DE SPORT.

Le fait que toute la classe ait entendu le commentaire sur mes non-seins me fait rougir des pieds jusqu'au bout de mes cheveux. Je suis quand même contente d'avoir acheté la bonne affaire. Un stress de moins. Respire. Un beau gros stress de moins.

CHAPITRE 4

Une pièce de 25 cents, c'est froid...

Jour J. Bon, pas nécessairement J, mais disons jour « je-refais-un-peu-ma-réputation-après-l'incident-poilu » et/ou « l'homme-de-ma-vie-est-dans-les-estrades »! Je suis allée chez l'esthéticienne de ma mère avant-hier, et j'ai vérifié devant le miroir : ma peau est lisse comme une glissade d'eau. J'ai essayé 40 fois ma camisole avec mon *top* rose paparmane en dessous. Ça fonctionne, je pense. Au moins, ça ne me prend plus 20 minutes pour comprendre comment placer les cordons. Tout va bien se passer cette fois.

La partie est commencée depuis longtemps, c'est donc bientôt à nous. Danseuse n° 1 s'approche de moi : « Là, oublie pas qu'après le mouvement du tourniquet, tu dois être prête à me soulever. Fais comme la prof a dit : tu serres comme si tu avais un 25 cents entre les fesses, OK ? »

Je déteste cette image. Qui voudrait au grand jamais mettre de la monnaie à cet endroit ? En plus, on s'entend qu'une pièce de 25 cents, c'est froid! La prof est probablement en manque d'idées pour nous faire réussir le porté. Parce que, malgré cette image dégoûtante, Danseuse n° 1 a raison : je dois la soulever durant une chorégraphie et j'ai de la difficulté à rester stable. Selon moi, ça aurait dû être l'inverse (elle qui me supporte), mais elle adore être dans les airs. Je dois donc être prête dès qu'elle arrive près de moi, sinon elle va dire à la prof que je ne devrais pas être dans le niveau 4.

La pause de la mi-temps commence. C'est à nous!

Le public est motivé, tape des mains et siffle (plus ou moins bien, mais je reconnais l'effort). Notre première chorégraphie est rapide, mais tout va bien, je suis les autres. Il fait chaud dans le gymnase, comme si les joueurs avaient réchauffé la place avant qu'on arrive. Le plancher fait des drôles de grincements en dessous de nos souliers. J'ai soif. Ben voyons, je n'ai pas le temps de penser à de l'eau! Je vais boire après, comme toujours.

Ma bouche est vraiment sèche. J'essaie d'avaler à travers mes sourires forcés, mais c'est le désert. Ma langue colle à mon palais, comme si j'avais mis du papier collant dessus. J'ai mal au cœur. Je dois soulever Danseuse n° 1 dans une minute et j'ai mal au cœur. Je ne peux pas vomir devant tout le monde, non, ce serait pire que le poil. Poil + vomi = plus personne ne va vouloir m'approcher. Respire. Retiens-toi. Le porté. Je serre les fesses, 25 cents, aaah! mon argent tombe, Danseuse n° 1 gigote sur moi, je la soulève dans les airs, pas assez haut, pas assez droit. Respire. Fin.

— Eille, la p'tite! Je t'avais dit de serrer les fesses!

— Ben oui, ben oui, je suis désolée, je me sens pas bien!

Elle s'éloigne en faisant semblant de ne pas m'avoir entendue. Ce n'est pas le genre de fille qui prend le temps de te demander comment tu te sens. Je la vois déjà parler à la prof. Je n'ai pas hâte au cours de lundi prochain!

Le spectacle est terminé depuis à peine cinq minutes et je n'ai déjà plus mal au cœur. Bizarre. J'ai vraiment cru que j'allais mettre à nu mon plat de macaroni. Mission semi-accomplie. J'ai dansé, les dessous-de-bras libres, mais j'ai manqué mon porté et je suis épuisée comme si j'avais dansé durant des heures. Bizarre... oui, vraiment bizarre.

Même si je suis toute neuve dans ce groupe, je danse depuis plusieurs années et jamais je ne me suis sentie aussi étrange. Peut-être que le niveau est trop élevé pour moi ? J'ai juste besoin de temps pour m'adapter. Je sais que je suis capable.

J'adore la scène. C'est un des endroits où je me sens le mieux. C'est le côté de moi que j'aimerais présenter en premier aux gens. Un peu compliqué par contre. Je ne me vois pas sauter sur place en faisant des immenses mouvements de bras devant un inconnu dans un resto chic. Même dans un resto pas chic ça serait étrange. Je devrais peut-être réfléchir à un moyen de remplacer les poignées de main habituelles par un mouvement de danse. À voir...

CHAPITRE 5

Le magnifique derrière de tête

Prochaine mission de danse : l'entracte de Secondaire en spectacle, qui a lieu dans deux semaines. C'est un concours vraiment populaire à mon école, mais le fait qu'on soit dirigées par une professionnelle de la danse nous empêche de participer. On a quand même réussi à obtenir une petite place durant l'entracte. On attend 200 personnes, ce qui sera une première pour moi. En plus, la prof a ajouté des mouvements à notre chorégraphie, donc on va danser 15 minutes de plus qu'à la partie de basket. Mes objectifs pour ce spectacle :

• maintenir mes aisselles en continuité de magnificence ;

• boire beaucoup d'eau (je ne veux pas avoir encore une langue sangsue) ;

• garder les fesses les plus serrées possible durant le porté ;

• localiser Elliot dans les gradins... mais ça, ça risque d'être difficile (reconnaître la face des gens pendant que j'ai la tête en bas ou la jambe dans les airs, sur la scène, ce n'est pas super évident).

Elliot. Le gars dont Alice criait le nom l'autre jour entre deux rangées de cases. Je fais semblant de rien depuis un temps, mais je n'arrête pas de penser à lui. C'est un nouveau de cette année. Quand on a des cours ensemble, je m'arrange toujours pour me placer de manière à pouvoir regarder son derrière de tête. Il a un magnifique derrière de tête. Le genre que je n'avais jamais vu avant. En plus, il a les cheveux longs. C'est tellement beau! Je me demande si un jour je serai capable de lui parler, ou juste de parler à un gars tout court. Même à plusieurs mètres de moi, il me fait rougir à l'infini. Alice ne l'aime pas. Il est déjà sorti avec deux filles de l'école. Celles qui s'échangent les gars comme des couleurs de *Skittles*. Il est nouveau, je l'excuse. Il n'a pas encore compris que manger trop de bonbons sûrs, ça brûle la langue.

— EILLE, LOU! DEVINE QUOI?

Alice vient me rejoindre près de ma case. J'espère qu'elle ne me parlera pas d'Elliot ou de mon *top* rose *slush* à la gomme balloune, parce qu'il est tout près. Elliot, pas le *top*.

— LA TROUPE EVOLUTION VA ÊTRE À SECONDAIRE EN SPECTACLE !

— Hein ? Tu me niaises !

— NON, J'TE JURE ! MON FRÈRE A PARLÉ AVEC UN DES DANSEURS ET IL PARAÎT QU'ILS ONT BESOIN DE NOUVELLES FILLES.

— Quoi ? Malade !!! J'aimerais tellement ça, danser avec eux ! T'imagines ! Mais je suis trop jeune de toute façon.

— C'EST LÀ QUE ÇA DEVIENT INTÉRESSANT ! Y PARAÎT QU'ILS S'EN FOUTENT MAINTE-NANT ! L'IMPORTANT, C'EST QU'ILS TRIPENT SUR TOI ! ILS VIENNENT JUSTE DE RECRUTER UNE FILLE DE 10 ANS !

— Quoi ?!

Evolution, c'est la troupe de danse la plus connue à Québec. Tous les bons danseurs sont dans cette troupe. Ils font des compétitions plusieurs fois par année. L'année

dernière, ils sont même allés à Vancouver pour participer à la finale de danse canadienne. Ils ont fini
deuxièmes. C'était mon rêve de les voir danser, mais là,
qu'EUX me voient danser... Je capote ! J'avais déjà prévu
auditionner après mon secondaire, mais si je pouvais
danser plus tôt avec Evolution, ça aiderait sûrement ma
carrière professionnelle.

Alice et moi passons l'après-midi à nous imaginer danser
dans cette troupe. En vérité, Alice est dans l'équipe de
natation, donc elle ne danse pas réellement, mais ce
n'est pas grave. On a le droit de tout faire dans notre
imaginaire. Par exemple, j'ai le droit de me promener
main dans la main avec Elliot devant tout le monde ou
de ne plus jamais avoir de poils qui me poussent partout
sur le corps. OK, je garde mes cheveux, mes sourcils et
mes cils, quand même.

CHAPITRE 6

Éviter le fleuve Saint-Laurent

Jour JJJ. Encore plus J que l'autre d'avant! Épilation: faite. *Top* de sport: à sa place. Bouteille d'eau: toujours collée à ma bouche. Fesses: serrées depuis des heures. Je m'améliore. Bientôt, je serai tellement organisée que je pourrai faire des centaines de spectacles par année.

L'entracte est commencé depuis quelques minutes. Il y a beaucoup de bruit: 200 personnes, ça parle fort. Les filles, incluant Danseuse n° 1, sont peignées et maquillées. De mon côté, je bois sans m'arrêter pour éviter d'avoir encore la bouche du désert du Sahara et je vais faire pipi toutes les cinq minutes pour éviter le fleuve Saint-Laurent sur scène. Je suis prête. J'ai peur, mais je suis bien préparée. Rien ne peut nous surprendre quand on est organisé. C'est tout ce que j'ai trouvé pour me rassurer. Danseuse n° 1 me lance un regard de guépard malfaisant. Oui, oui, je sais. Je ne vais pas être molle cette fois, mes fesses sont collées à la Krazy Glue depuis mille ans. Je suis certaine que ça va aller.

Je me demande à quel endroit la troupe Evolution est assise. Je ne dois pas y penser. De toute façon, ils doivent être venus pour voir les filles de secondaire 5. Mais Alice a dit qu'ils cherchaient aussi de jeunes talents, plus faciles à former selon leurs standards. Je m'imagine déjà à Vancouver pour la finale, sautillante de bonheur parce qu'on vient d'être nommées meilleure troupe du Canada! Calme-toi, Louane! Je ne dois pas me stresser plus que je le suis déjà.

Le rideau se lève (je sais, c'est bizarre, plus personne n'utilise de rideau avant un spectacle, mais l'école adore l'effet), musique... OK, j'entre!

La salle est tellement pleine qu'on dirait que la musique est moins forte que d'habitude. La foule fait déjà beaucoup de bruit, certains spectateurs tapent des mains, d'autres lancent des petits «ouh» pour nous accueillir. Danseuse n° 1 est particulièrement énergique. Elle a entendu parler de la présence de la troupe Evolution et elle aussi veut se faire recruter. Je ne vois pas les têtes, mais je sens les 200 paires d'yeux qui me fixent. L'effet d'être devant autant de personnes en même temps est tellement intense qu'on dirait que ça m'écrase la poitrine.

Ma langue retrouve sa sécheresse de canicule. Pourtant, j'ai bu l'équivalent de 28 aquariums géants! J'essaie d'avaler, mais on dirait que ça empire. Ma poitrine continue de s'écraser. Il y a tellement de gens qui me regardent. J'ai de plus en plus de difficulté à respirer. Je me concentre sur mes mouvements. Je compte, mais les chiffres se mélangent dans ma tête. Je ne sais plus où je suis rendue. J'avale encore et encore. Et puis, là... boum! Le mal de cœur. Je ne peux PAS vomir sur scène, non, ce n'est pas possible, je ne m'en sortirai jamais.

Danseuse n° 1 s'approche de moi pour le porté. Elle a un sourire immense, le corps raide, rempli de prestance. Je... ne... peux pas la porter. Je vais vomir. Je n'arrive même plus à respirer. C'est quoi les mouvements déjà? À droite... non, en bas... Danseuse n° 1 me transperce de son regard de félin sauvage, elle s'approche, elle veut être soulevée dans les airs, elle veut qu'Evolution la remarque. J'essaie d'enfoncer mes pieds dans le sol, de trouver en moi quelques secondes de force surhumaine pour la soulever. Danseuse n° 1 s'appuie sur moi et... non... je ne serai pas capable. Étouffée par la foule, par son corps plein de sueur de fille qui s'agrippe à moi, je la repousse sans trop d'énergie. Elle lâche un petit cri coquet qui ne dérange personne et, avant de m'effondrer sur la scène et/ou de vomir mon souper et/ou d'exploser, je pars en courant.

CHAPITRE 7

Une étiquette de pattes de mouche dans le front

Je suis assise sur un banc laid dans le corridor de mon école. Deux cents paires de mains applaudissent Danseuses n° 1 à 9. Depuis ma sortie de scène, je n'ai plus envie de vomir. Je ne fais que trembler et pleurer toutes les larmes de mon corps. La foule n'est plus devant moi, mais j'ai encore l'impression que mes poumons sont écrasés. Plus je pense à ce que je viens de faire, plus la pression s'accentue. Alice arrive en courant.

— Lou ! Je suis là !

Étrangement, la voix d'Alice est douce. C'est peut-être le lac que mes larmes sont en train de former sur le plancher qui lui fait penser à l'été et l'adoucit.

— Qu'est-ce qui s'est passé ? Respire. C'est fini.

J'ai le poids de quatre lutteurs de sumo sur ma poitrine et des litres de sanglots dans ma bouche. Alice reste près de moi, me flatte le dos. Je ne peux rien expliquer pour le moment. Je n'ai aucune idée de ce qui s'est passé. Pourquoi je suis sortie? Pourquoi le vomi (retenu, au moins), la pression immense qui m'empêchait de respirer? J'ai peut-être la réponse à mes questions. Je ne suis pas timide. Je suis une incapable. Avant, c'était seulement vocal, maintenant c'est partout. Je suis une incapable infinie.

Mon réflexe aurait été d'aller voir mes parents, mais ils ne sont pas au spectacle. Étant habituellement nos fans les plus fidèles, ils ont décidé récemment de ne plus assister à tout ce que mon frère et moi faisons. Ils disent que c'est pour leur santé mentale. Je peux comprendre que ça fait beaucoup. Ma mère est venue me chercher deux heures après mon humiliation (moment auquel le spectacle devait se terminer), sans être au courant du désastre. J'ai essayé de lui téléphoner plus tôt, mais mon frère avait mal raccroché le combiné et, puisque je vis dans une famille SANS cellulaire, je n'ai pu joindre personne. Disons que ce n'est pas la fin du monde comme oubli, mais ce soir-là, j'avais la plus grande envie du monde de me réfugier dans mon lit pour pleurer le reste de mon lac.

Après une brève discussion avec ma mère, je décide que je ne veux plus jamais refaire de danse de ma vie. Ma mère ne me contredit pas. Deux jours plus tard, on est dans un bureau de médecin.

Je ne comprends pas tout, on me parle d'anxiété, de crise d'angoisse, de rencontre avec un psychologue. Je n'arrive pas à faire une chorégraphie et on m'envoie chez un psy? C'est quoi le rapport? S'il y a bien un élément qui est clair dans toute cette histoire, c'est que mon problème est physique! Non?

Le médecin met mon nom sur une liste d'attente éternelle. Six mois. Ça prend six mois selon lui pour qu'une place se libère chez le psy. Je fais quoi, moi, en attendant? Le médecin a l'air perdu. Il ne sait pas quoi répondre aux questions un peu trop intenses de ma mère. Il signe un billet me donnant le droit de m'absenter de tous mes cours de danse. Ça, ça veut dire que je n'aurai plus rien à faire l'après-midi, pour le reste de l'année. Peut-être que si j'avais une baguette magique, je pourrais faire disparaître les deux mois qu'il reste avant l'été. Mais même Harry Potter est obligé de supporter Dudley.

J'essaie de déchiffrer le billet. C'est écrit, avec une écriture toute brouillée, en pattes de mouche, comme dirait ma mère: « Trouble anxieux ». Il nous précise que ce n'est pas officiel, que c'est le psy qui pourra me donner un diagnostic plus précis.

Je vais terminer mon secondaire 3 avec une étiquette de pattes de mouche dans le front, cachée dans la bibliothèque de l'école. Vivement l'été.

CHAPITRE 8

À l'inverse du banc de poissons

Je dois survivre à une dernière épreuve avant d'enfermer mes rêves entre les rangées d'une bibliothèque beige. Faire face à ma prof (professionnelle, ne l'oublions pas), Sophie, qui, en plus d'avoir fait connaissance avec ma pilosité grandissante, m'a vue sortir de scène comme une lâche. Puisque je ne veux pas affronter Danseuses n° 1 à 9, je m'arrange pour la rencontrer avant le cours, pendant que les filles se font toutes la même coiffure dans la salle de bain. Je sais, ça fait plus poupée Barbie que danseuse, mais il paraît que les troupes professionnelles à travers le monde font ça. Sophie s'exerce déjà devant le miroir, en lâchant quelques « Boum, boum, paf ! ».

— Hé, Sophie.

— Salut, Louane ! Tu t'es pas encore changée ?

— Non... euh, j'ai un genre de papier.

— Bon, pas une autre qui fait semblant d'être malade parce que les Anglais sont débarqués!

— Hein? Les... les Anglais... Quels Anglais?

— Tu sais ce que j'veux dire, là, t'as tes règles pis tu veux pas danser! Change-toi quand même. Tu feras une couple d'étirements dans le coin pendant le cours.

— Non... non, je peux pas.

Sophie prend le papier d'entre mes mains. Je l'ai tellement chiffonné qu'il est tout humide. Elle prend du temps pour le lire... beaucoup trop de temps! Les filles vont bientôt arriver et je ne veux surtout pas voir le jugement dans leurs yeux.

— J'comprends pas. Tu lâches?

— Ben... oui pis non, je... je ne me sens pas bien, je prends une pause...

— Une pause de deux mois? C'est lâcher, ça, ma belle! Écoute, c'est correct, y'a des gens qui sont juste pas faits pour danser. C'est mieux que tu l'aies compris jeune, comme ça, tu vas pas perdre ton temps!

— Mais... chus...

J'essaie de récupérer mon bout de papier suintant, mais elle insiste pour le relire une dernière fois.

— Bla bla, crise d'angoisse, bla bla, trouble anxieux! Qu'est-ce que les médecins peuvent pas inventer pour détourner la vérité! Tu crois à ça, toi?

— Ben... au début, non, mais j'avais pu de contrôle... j'étouffais... je...

— Écoute, Louane, y'a des gens qui sont juste pas faits pour la danse, c'est pas grave!

Pas... pas faits pour la danse. Je... je suis faite pour la danse. Je suis juste faite de danse! J'en rêve depuis des années. J'ai appris les techniques, les mouvements, toute seule dans mon sous-sol, j'ai suivi des cours en parascolaire, passé mes étés dans des camps. La danse, c'est la seule activité, le seul moment où j'ai confiance en moi. Où j'avais confiance... Comment elle peut me dire ça?! Peut-être que j'étais faite pour ça, mais que mon corps me lâche? Mon corps ou ma tête? Je ne sais même plus. J'ai envie de me défendre, mais je suis tellement mélangée dans mes émotions que je veux juste partir, que ça soit fini. Elle continue son discours.

— Le stress, la pression, l'entraînement, ça prend du courage pour danser !

— Ouais... je sais.

J'entends des rires aigus dans le corridor. Danseuses n° 1 à 9 s'apprêtent à pénétrer dans leur royaume. Vaut mieux que je me sauve avant de devenir leur fou du roi... ou plutôt, folle du roi. C'est probablement ça que je suis, folle. Une «juste pas faite pour danser». Pas faite pour rien.

— Bon ! J'dois donner mon cours !

— OK... bye.

— Ah, pis, Louane...

— Oui ?

— Tu viendras nous encourager au *show* final !

Ouais. Encourager. Je sais comment faire ça. Je suis capable. Applaudir, les regarder faire les mouvements, mes mouvements... Je passe la porte et baisse la tête quand je croise mes... amies ? Partenaires ? Je ne sais pas trop comment les appeler. Je passe comme dans du beurre, aucune ne m'arrête, aucune ne me demande pourquoi je quitte le local cinq minutes avant le début de la répétition. Je suis à l'inverse du banc de poissons. Je remonte le courant et ça fait mal. Est-ce que je vais toujours me sentir comme ça ? À l'inverse des autres ? Je suis presque rendue au bout du corridor quand je sens quelqu'un revenir vers moi. C'est Danseuse n° 1.

— Tu t'en vas ?

Wow. Elle me parle. Bon, elle a attendu que le reste du groupe soit entré dans le local, mais quand même, je suis impressionnée.

— Oui. Je... je prends une petite pause de danse.

— Tu t'es blessée ?

La grande question. Je me sens blessée, profondément blessée même ! Comment je suis censée lui expliquer ça ?

— Pas... ben... oui, un peu, oui.

La porte du local se referme, Danseuse n° 1 se retourne rapidement.

— Je dois y aller, mais tu fais bien d'arrêter un peu. C'est mieux que tu prennes le temps de guérir ta blessure. Ça m'est déjà arrivé. Il y a deux ans. Ma prof avait insisté pour que je recommence vraiment vite pis ma blessure avait empiré !

J'ai à peine le temps de lui lancer un petit « merci » timide qu'elle est repartie dans le courant. Je ne peux pas dire que je me sens bien, mais le fait que Danseuse n° 1 soit revenue vers moi m'apaise un peu. Les mots de Sophie me reviennent comme une immense tempête de neige dans les yeux : « Ça prend du courage pour danser. » Ouin. Jusqu'ici, dans ma vie, je pensais que j'étais courageuse. Quoique... je n'ai jamais eu à me battre contre des zombies ou, je ne sais pas moi, sauver une personne d'un volcan en éruption. Comment on sait si on est courageux ou pas ?

CHAPITRE 9

Jour 1 - Rouge comme une bouteille de Ketchup

La bibliothécaire n'arrête pas de me regarder du coin de l'œil. Elle pense peut-être que je suis en retenue. Je m'assois à la table la plus loin de son regard. Je dois m'occuper pendant deux heures. M'occuper, ça veut dire faire des devoirs. Ça veut dire ne pas danser. Ne plus danser. J'ouvre mon agenda et calcule les jours d'école qu'il reste avant les vacances d'été. Quarante jours. Je regarde mes livres, mes crayons. Quarante jours à m'occuper de choses banales. On ne sait jamais, peut-être que le banal, ça remplit les trous dans l'estomac.

Même si je devrais faire mes devoirs, je décide d'utiliser mes heures vides pour jouer à mon jeu préféré : nourrir mon imaginaire. Depuis que je suis toute petite, j'adore m'inventer des histoires (dans ma tête) pendant des heures. N'importe quel événement de ma journée peut devenir un élément déclencheur. Par exemple, si je rencontre une nouvelle personne, je vais avoir envie de lui inventer une vie. Ou si je vois un super bon film, après, quand je suis seule, je le repasse au complet dans ma tête, mais je deviens moi aussi un personnage. Même chose avec les livres.

Depuis qu'Elliot est arrivé à l'école, il est devenu le personnage principal de mon film intérieur. Pratiquement une fois par jour, j'invente un nouveau chapitre de notre méga-fausse relation. J'ai pensé à toutes les manières imaginables dont on pourrait se rencontrer, j'ai pensé à des activités qu'on pourrait faire ensemble, à des sujets dont on pourrait discuter.

Bon. Voici un exemple de scénario avec le plus beau gars de la terre.

Scénario n° 1

C'est une journée super sombre. Le genre de jour où, même s'il est midi, le soleil porte un parapluie géant et on dirait que c'est la nuit. Il y a un immense orage, des éclairs qui font peur même au coach de basket musclé. Disons que, malgré tout, je dois aller dehors parce que je dois aller chercher... je ne sais pas moi, un chiot apeuré (certains détails de mes histoires sont encore à déterminer).

J'arrive donc à l'école dégoulinante de pluie. Je suis évidemment en retard (parce que c'est long, sauver un chiot d'un orage) et il n'y a personne dans les corridors. Je n'ai pas de vêtements de rechange (je ne suis vraiment pas du genre à en apporter à l'école) et, magie, je croise ce gars magnifique, trop trop beau. Même si d'habitude il ne me parle jamais, et même si dans la vraie vie je deviendrais un immense bloc d'angoisse rouge tomate de jardin s'il le faisait, dans mon scénario il vient tout de suite me voir.

— Hé! T'es-tu correcte? T'es donc bien trempée!

— Ah! Ben oui. Oui, ça va...

— T'as-tu une serviette, quelque chose?

— Non...

— J'en ai une dans mon sac de sport. Attends.

Son derrière de tête que je connais par cœur (peut-être la seule chose vraie que je connais de lui) me réchauffe déjà. Il sort une serviette de sa case et me la tend.

— Fais-toi z'en pas. Est propre.

— OK! Ha ha!

— T'es belle les cheveux mouillés.

Bon, je sais que, dans la vraie vie, c'est rare que quelqu'un à qui tu parles pour la première fois te dise que tu es belle. Mais c'est mon histoire, j'ai le droit de faire ce que je veux.

— Merci. C'est pas voulu...

— C'est pour ça que c'est beau.

— Toi aussi... j'veux dire... toi aussi, t'es beau.

— Tu peux pas aller en cours comme ça... tu seras pas confortable.

— Ouin... j'ai pas vraiment le choix.

— On a toujours le choix.

— Tu fais quoi, toi, dans le corridor?

— J'avais besoin de réfléchir.

— Oh, désolée, je veux pas te déranger.

— Ben non, tu me déranges pas. En fait, j'ai plus envie de parler, je pense.

— OK.

— Veux-tu qu'on aille s'asseoir?

— Oui, OK.

Et là, on a la plus belle conversation de l'histoire de l'humanité. Je me sens belle, belle de partout. Et intelligente. Je sais toujours quoi répondre. Je me sens drôle, inspirante, différente de toutes les autres filles à qui il a déjà parlé. Je prends le temps de le regarder dans les yeux, sans devenir rouge comme une bouteille de Ketchup. Je suis juste moi dans mon intégralité. Moi dans mon plus vrai, dans mon plus beau.

On passe l'après-midi à parler et on sent que c'est spécial et qu'il y a quelque chose qui se passe. Il finit par m'inviter à venir chez lui durant la fin de semaine ou à faire une activité.

Fin du scénario n° 1.

CHAPITRE 10

Jour 3 - Les yeux dans le vide et un peu de bave sur le bord de la bouche

Je fais semblant de faire mes devoirs. Je suis gelée à la page 45 de mon manuel de math depuis une demi-heure. J'ai beau être nulle en algèbre, ça ne me prend quand même pas tout ce temps-là pour résoudre un problème.

Le film de ma vie, dans lequel Elliot joue le personnage principal, est un peu lent à démarrer aujourd'hui. D'habitude, j'ai une imagination débordante, mais on dirait que le brun des murs de la bibliothèque dégouline sur sa trop belle face. Peut-être aussi que les yeux globuleux de poisson rouge de la bibliothécaire ne m'aident pas à me concentrer.

Scénario n° 2 (quand même plus intéressant que l'algèbre...)

Je suis assise dans le fond d'une allée de livres que personne ne veut lire, celle où sont rangées les encyclopédies médicales vieilles de mille ans pleines de photos de pus et d'entrailles pourries. Il n'y a donc personne qui passe par là. Même la bibliothécaire l'évite, de peur de se faire attaquer par un ado drogué ou un prof en *burnout* si elle reste trop longtemps seule dans cette allée.

Concentrée sur un livre de photos de chiots trop mignons (c'est moi qui choisis, OK!), je sens qu'une personne s'approche de moi.

— S'cuse-moi... sais-tu est où la section histoire?

Je lève les yeux et, oh surprise, j'aperçois Elliot qui m'observe, avec une belle vue en plongée sur moi et mon livre de bébé (j'essaie de ne pas être trop parfaite dans mon imaginaire... sinon je finis par plus me croire). Je réponds tout de suite parce que, dans mes scénarios, je ne rougis jamais et j'ai (presque) toujours l'air intelligente quand je parle.

— Hum... t'es vraiment pas à la bonne place.

— Qu'est-ce que tu fais là, toute seule?

— Je m'ennuie... J'ai pris le premier livre que j'ai vu (même pas vrai!!!) et je fais semblant de lire pour passer l'temps.

— Eille, mais, on n'a pas des cours ensemble ?

— Ben oui ! C'est vrai !

— Tu vas pouvoir m'aider !

— Je... je suis pas certaine de pouvoir... je suis pas vraiment bonne à l'école...

— Moi non plus...

— Désolée.

Il s'assoit à côté de moi. Sa face est à trois centimètres de la mienne parce que l'allée est très étroite (heureusement). Il sent bon. Pas le parfum poche que tous les autres gars mettent. Non... ça sent le dehors. Comme un mélange de feuilles d'arbre et de lac. Ça sent l'air libre. Il me parle tout bas.

— Vu qu'on est poches les deux, on pourrait s'allier ?

— Qu'est-ce que tu veux dire ?

— On pourrait s'aider dans nos devoirs... former une équipe, pour réussir à passer au travers.

— On se connaît même pas.

— C'est encore mieux! Tu fais quoi ce soir?

— Pas grand-chose...

— Tu pourrais venir chez moi... on ferait nos devoirs, pis après on pourrait écouter un film... ou, je sais pas moi, continuer de lire ton livre de chiots!

— Eille!

— Ben non, je t'agace! J'adore les chiens moi aussi!

Dans ce scénario, je n'aurais même pas peur. Pas peur d'aller chez quelqu'un que j'ai l'impression de connaître parce que je le regarde tout le temps, mais que, dans le fond, je ne sais même pas sa couleur préférée. Pas peur de prendre le bus de ville et d'appeler mes parents pour leur dire que je ne rentrerai pas souper. Ça serait juste normal qu'on soit ensemble. Juste la bonne chose à faire.

La cloche sonne et me sort de mon scénario n° 2. Déjà! J'ai même pas eu le temps de m'imaginer passer la soirée avec lui. Je range mon livre de math dans mon sac et pousse ma chaise en faisant beaucoup trop de bruit.

— Chut!

Ouais, OK, je l'ai peut-être mérité. Je me retourne pour voir qui a osé produire l'onomatopée la plus *loser* (ce n'est pas mon genre d'insulter quelqu'un comme ça, mais pour vrai, dire «chut» à un autre élève, c'est comme dire au prof que ton voisin de classe se décrotte le nez... malaise!). C'est un gars. Il est assis à la table juste derrière moi. Je ne sais pas qui c'est. Il me fait un petit sourire en coin. Il rit de moi ou quoi? Il se lève et pousse sa chaise à son tour en faisant encore plus de bruit que moi. À quoi il joue? Je décide de ne pas participer à son jeu et de sortir de la bibliothèque avant que mon bus parte sans moi. J'ai seulement quelques pas de faits quand il me dépasse.

— La prochaine fois que tu veux faire semblant d'étudier, je te suggère de changer de page de temps en temps.

Il me refait son petit sourire moqueur et s'en va. C'est qui lui? Est-ce qu'il était assis derrière moi depuis le début de l'après-midi? Je ne sais pas quel genre de face j'ai quand j'imagine mes histoires avec Elliot. Je dois avoir l'air vraiment niaiseuse! Genre les yeux dans le vide et un peu de bave sur le bord de la bouche!

CHAPITRE 11

Jour 10 – Vieilles gommes infectées

Aujourd'hui, j'ai essayé d'attraper une maladie quelconque en frottant mes mains ou ma bouche un peu partout dans l'école : bol de toilette (bon OK, juste le dessus du réservoir et avec les mains, pas la bouche !), abreuvoir du vestiaire d'édu (je suis rentrée, j'ai bu une mini gorgée en essayant presque de toucher la patente avec ma bouche et je suis sortie en courant). Et là, je tâte le dessous de la table de bibli en espérant pogner des vieilles gommes infectées.

Même là-dedans je suis poche. Il me semble qu'une bonne mononucléose pourrait m'aider à finir mon année en beauté. Je pourrais rester dans mon lit et écouter Netflix toute la journée. Mes parents pourraient prendre soin de moi et au revoir la honte d'être une pathétique ex-danseuse qui s'est fait croire toute sa vie qu'elle allait être l'une des meilleures !

— HÉ, LOU !

Alice! La bibliothécaire nous regarde en appuyant son index sur ses lèvres mauve aubergine.

— Salut, Alice.

— ÇA VA... ça va?

— Oui, oui, ça va. Toi?

— Ça FAIT genre deux SOIRS que tu viens pas chez NOUS!

Si la bibliothécaire avait des superpouvoirs, c'est le moment qu'elle choisirait pour nous lancer des lasers avec ses yeux ou déclencher un tremblement de terre pour nous faire disparaître.

— Ouais... je suis vraiment occupée.

— Occupée? Tu DANSES même pu!

— Ouais, pas besoin de me le rappeler!

— Oups... S'CUSE-MOI...

— C'est pas de ta faute... je... j'ai comme besoin d'être toute seule un peu ces temps-ci, OK?

— OK. Je te LAISSE TRANQUILLE. Mais si t'as besoin, JE SUIS LÀ!

— Oui, oui, tout le monde le sait que t'es là!

— Hein?

— Mais oui, Alice, je sais que tu seras toujours là pour moi et merci, merci pour tout, mais...

— T'as besoin d'être SEULE.

— Oui.

— T'ES TRISTE?

— Oui, mais ça va, là. Pas triste triste, juste un peu...

— TRISTOUNETTE?

— Ouin, mettons, tristounette.

— N'HÉSITE PAS, OK! Je suis LÀ!

Je me lève de ma chaise de condamnée et fais un grand câlin à Alice. Je l'aime aussi gros qu'un requin-baleine, mais je suis mêlée. Je me sens trop bizarre pour être avec elle. Trop bizarre pour être avec qui que ce soit.

CHAPITRE 12

Jour 12 - Devenir juste Louane

Je suis en manque d'inspiration depuis quelques jours. Je me sens de plus en plus toute seule. Je ne suis pas psychologue, mais ça ne doit pas être bon de passer autant de temps dans une bibliothèque poussiéreuse à se parler dans sa tête.

La danse me...

La danse me manque, mais la peur prend encore le dessus. Je fuis toutes les personnes reliées à mon ancienne vie. De toute façon, aucune fille de mon groupe de danse n'est venue voir comment j'allais. Plus personne ne me parle de ça. Silence radio. Même complètement immobile, je sens un poids sur ma poitrine. J'étouffe, le jour, la nuit. Juste m'imaginer danser me coupe le souffle. Il faut que je fasse disparaître la Louane qui danse. Je dois devenir juste Louane. Pas Louane l'étudiante, ni Louane la skieuse (mettons), ni Louane rien du tout. Je veux effacer les trucs qui pourraient me faire encore du mal. Je veux juste être ordinaire et me contenter de penser à des choses ordinaires.

— T'as pas suivi mon conseil!

Aaah! Le gars qui est sorti de nulle part l'autre jour et qui a osé critiquer ma manière de faire semblant d'étudier s'assoit à côté de moi!

— Qu'est-ce que tu fais?

— J'ai décidé de te tenir compagnie!

— Pourquoi? J'ai pas l'air bien toute seule?

— Pas vraiment...

— Faut... faut que j'étudie, OK?

— Ha! Bonne blague! T'as plus l'air d'une fille qui a besoin de parler.

Je baisse la tête pour calmer l'incendie dans ma face et tourne une page de mon livre de math. C'est qui, lui? J'ai beau m'ennuyer comme une momie ici, je n'ai pas envie de parler à n'importe qui!

— T'es en quelle année ? Je t'ai jamais vu dans l'école.

— Secondaire 5.

Quoi ?! Depuis quand les secondaires 5 me parlent, à moi ? Et un gars en plus ! Est-ce que je suis dans un de mes scénarios bidons et j'essaie de m'imaginer qu'il y a du positif qui peut ressortir de ma longue et pénible solitude en m'inventant un nouvel ami ? Pathétique.

— Toi t'es en 3, hein ?

— Euh, oui, oui.

— Qu'est-ce que tu fais toujours à la bibli ?

— Je... j'essaie de rattraper mes études.

— Tes études ? T'as pas l'air d'une fille qui a besoin de ça.

— Ç'a l'air de quoi, une fille qui a besoin de ça ?

— Non, mais... j'veux dire que t'as l'air d'une fille qui est bonne à l'école...

— J'ai l'air de ben des affaires.

– OK.

– Tu me déranges...

– S'cuse-moi.

Gars mystérieux se lève et va chercher un livre dans le rayon le plus près. Il revient s'asseoir à côté de moi et ouvre le livre. Je me sens bizarre. J'ai envie de lui parler, mais, en même temps, on dirait que je ne devrais pas. Je le sens vieux, en tout cas, plus vieux que les autres élèves de secondaire 5. Il dégage quelque chose de plus calme. Il m'intrigue, mais ça me stresse qu'il soit aussi près de moi. Je sens que je dois être super rouge depuis le début de notre conversation et j'essaie d'utiliser ce moment de silence pour retrouver ma couleur de peau normale. Mais... c'est quand même plus fort que moi.

– Tu lis quoi?

AAAAH! Je parle à un gars! Moi, Louane la mini, la gênée, la tomate molle! J'aimerais tellement qu'Alice me voie! J'attends. Il ne me regarde même pas. Je retourne à mon livre supra inutile.

— Je lis même pas pour vrai. Je voulais te montrer à quel point je suis le maître pour faire semblant d'étudier.

— Je savais... je... je voulais juste faire la conversation, là...

— OK. Pourquoi t'es à la bibli ?

— Je... j'ai pas... j'ai pu de cours... ben, je suis pu obligée de faire sport-étude... j'ai arrêté le sport...

— Tu faisais quoi ?

— De la danse.

Je m'étonne de parler sans trop de difficulté à un inconnu. Pourquoi je réponds à ses questions ? Avec mon étiquette de trouble anxieux qui déborde sur toute ma face, on ne devrait pas me laisser parler à de nouvelles personnes. J'ai déjà de la difficulté à ouvrir ma bouche devant ma meilleure amie, pas besoin d'en rajouter. On devrait juste m'isoler. Me cacher de toute la population de la terre. Je pourrais me lever, changer de table, mais j'ai les pieds dans du sable mouvant. Il semble emballé par ma réponse.

— Hein ? ! Chouette ! T'as pas l'air du...

— Genre de fille qui fait de la danse. Je sais.

— Pourquoi t'as arrêté ?

LA question diabolique ! Je le savais ! Mon étiquette s'agrandit, elle fait maintenant le tour de ma tête. Mon visage est devenu un immense Post-it fluo avec le mot « anxiété » qui clignote comme un gros néon de motel. Si je m'étais écoutée, je serais déjà loin. Pourquoi j'ai arrêté la danse ? Aucune raison ! Aucune bonne en tout cas. Eille, j'ai 14 ans et je ne suis même pas capable de respirer par moi-même. L'école, les médecins, mes parents ne savent pas quoi faire avec une fille aussi bizarre, donc ils m'ont enfermée ici. Je suis un animal en cage, mais personne ne vient dans mon zoo.

— Je... j'me suis blessée là... au genou... je peux plus danser jusqu'à la fin de l'année.

— Ouah ! C'est poche ça ! Je comprends pourquoi t'as l'air de t'emmerder ici. Moi, je tripe pas sport, mais je peux imaginer ça fait quoi de devoir arrêter du jour au lendemain à cause d'un truc banal comme ça !

— C'est... c'est pas vraiment un truc banal, mais ouais, c'est poche.

— Ouais... ouais, je voulais pas dire ça...

Il me fait un petit sourire doux. Il a l'air sincère, mais ça me blesse quand même. Avec ma blessure imaginaire, ça fait beaucoup. C'est peut-être banal. Peut-être que, dans quelques jours, je vais me réveiller et tout va redevenir comme avant. Ça se règle des problèmes banals, non ? J'essaie quand même de le rassurer.

— Non, je comprends ! Ça va...

— C'est quel genre de blessure ?

— Euh, j'me souviens pu du nom...

— Comme une entorse, mettons ?

— Oui ! Oui, c'est ça... une entorse.

— Ouin...

Une entorse ! Gros mensonge, mais on dirait que ça sonne plus vrai. C'est plus facile de nommer quelque chose de... concret. Je ne sais pas comment expliquer pourquoi je suis pognée ici... Je commence par où ? « Hé, salut, le gars dont je ne connais pas le nom ! Ouais, je fais plus de danse parce que j'ai fait une crise d'angoisse devant tout le monde durant un spectacle, ce qui fait que j'ai décidé d'arrêter. » Voyons ! Ç'a pas d'allure mon affaire ! Il va me prendre pour une folle. Il y a une partie de moi aussi qui a envie de se faire prendre en pitié pour un millième de seconde. J'ai envie qu'on me comprenne et qu'on soit désolé pour moi. C'est plus facile de mentir.

CHAPITRE 13

Jour 14 - Bibliothèque/prison

Aujourd'hui, j'assume mon ennui et me couche la tête sur la table. Dans le pire des cas, la bibliothécaire va penser que je dors et je m'en fous. Les yeux fermés, j'essaie de me rappeler la dernière routine de danse que j'ai apprise. Celle que je devais faire sur scène le soir où... ouin... ce soir-là. Il me manque des bouts. Je vois la scène, le public qui se déchire la gorge devant tant de talent (ou de belles filles, ça dépend pour qui). Il me semble que ça allait bien. Je veux dire, oui, j'étais stressée, oui, j'avais peur, mais j'aime... j'aimais tellement danser. Je suis rendue à la moitié de la choré quand je sens quelque chose de trop grand qui est déposé sur ma tête. J'ouvre les yeux, une casquette glisse sur mes cheveux.

— Hé, toi ! T'as décidé de laisser tomber la comédie pis d'assumer que l'école, c'est plate ?

Je lève la tête. Gars de moins en moins mystérieux s'assoit à côté de moi. J'enlève sa casquette et la lui rends.

— On n'a pas le droit de porter d'casquette dans l'école.

— J'sais ! C'est pour ça que j'la porte !

— OK...

— Ben quoi ?

— Rien.

— T'as-tu peur que la bibliothécaire maléfique appelle la police ?

— Non.

Il sort un cahier de son sac. Il est barbouillé de dessins de haut en bas. Des chiens avec des immenses têtes, des monstres, des têtes de mort... À travers les gribouillis, j'aperçois un nom.

— Théo. C'est ton nom ?

— Hein ? Ah, oui, oui, c'est mon nom.

— Tu t'appelles Théodore ?

— Ha ha ! Non, juste Théo.

— Juste Théo.

— Ben, oui. T'aimes pas ça ?

— Non, non, c'est beau...

Il ouvre son cahier en plein milieu et sort un crayon. Je ne sais pas trop quoi faire. Je n'ai pas envie de commencer mes devoirs et si je me recouche la tête sur la table, il va penser que je ne veux pas lui parler. Depuis notre dernière rencontre, je me sens un peu mal. Je ne suis pas le genre de personne qui ment, habituellement... C'est assez perturbant.

Maintenant, on dirait que je me force à boiter un peu dans les corridors de l'école. Au cas où je croiserais gars mys... euh, Théo... ou n'importe qui d'autre à qui il aurait pu dire que je suis blessée. Je ne le croise pas souvent heureusement et, chaque fois, il est seul dans un coin avec un livre ou son cahier de dessin. C'est étonnant qu'un gars qui semble aussi solitaire n'ait pas eu de la difficulté à venir me parler. Peut-être que je lui fais penser à ses bonshommes allumettes ou à ses héroïnes de roman. Pourtant, je n'ai pas une miette de superhéros en moi. J'ouvre mon sac et sors mon cahier d'histoire. Théo n'a encore rien écrit dans le sien. Il me regarde.

— Pis toi?

— Hein?

— Pis toi, c'est quoi ton nom?

— Ah! Ben oui... moi, c'est Louane.

— Chouette!

— Tu trouves?

— Ben oui. C'est super beau! C'est juste Louane ou tu t'appelles, genre, Louanor?

— Quoi?

— Ben non, c't'une blague, à cause de Théo... Théodore.

— Ah oui! OK... ouais, non, c'est juste Louane.

Oui. Juste. Je veux rester juste Louane. Louane rien d'autre. On reste côte à côte un bon moment sans parler.

J'écris des bouts de phrases un peu partout dans mon cahier. Théo, lui, n'écrit rien. Il reste là, à regarder sa feuille blanche. Décidément, cette personne m'intrigue.

— Qu'est-ce que tu fais ?

— Hum ? Rien, là...

— Ça fait mille ans que tu regardes ta feuille. T'as un devoir de quoi ?

— C'est pas vraiment un devoir.

— C'est quoi ?

— J'ai des genres de textes à écrire.

— OK... comme ?

— Ben, j'suis suivi par une prof pis je dois répondre à des questions.

— Au risque de me répéter... OK... comme ?

— Ben, la question cette semaine, c'est: Quels sont vos rêves ? Que désirez-vous pour votre futur ?

— Pour vrai ? Oh mon dieu, sont bizarres vos devoirs en secondaire 5. J'ai pas hâte d'avoir à répondre à ça.

Théo repose ses yeux sur sa feuille. Il jette son crayon au bout de la table et ferme son cahier.

— Ouais... c'est de la bouette. L'affaire, c'est que c'est même pas un devoir.

— OK...

— J'ai trop fait le cave dans mes cours, depuis un bout... y'a une couple de profs qui me veulent même pu dans leur classe. Le directeur a décidé de m'installer ici à certaines périodes, pis j'dois répondre à des questions poches chaque fois.

Ah ha ! Ça explique sa présence aussi intense que la mienne à la bibliothèque/prison. J'essaie de rester positive.

— T'es chanceux.

— Chanceux ?

— Ben, oui pis non. Oui dans le sens où, si t'aimes pas l'école, ben t'es chanceux de pouvoir juste répondre à des questions comme ça... au lieu d'écouter un prof parler de statistiques ou, genre, de truc calin...

— Truc calin ?

— Ben, en chimie, là ! La base...

— Alcalin, tu veux dire ! Ha ha !

— C'est la même chose, là... calin, alcalin... en tout cas...

Si je pouvais me mettre un papier collant sur la bouche parfois, ça me sauverait. Sans me regarder directement, il continue tout de même à se confier.

— Ouin... ben, t'as raison sur certains points. C'est vrai qu'être assis dans une classe, c'est pénible pour moi... J'ai essayé plusieurs fois de m'forcer, mais j'ai réalisé que je suis vraiment pas fait pour ça.

— Y'a plein de gens chouettes qui ont même pas leur secondaire 5...

— C'est vrai... mais y'a plein de gens chouettes qui ont fini leur secondaire, pis qu'après sont allés dans des programmes vraiment super au cégep ou à l'université.

— C'est vrai...

— C'que j'veux dire, c'est que je pense que c'est bien l'école, mais j'pense pas que tout le monde est fait pour ça.

— J'comprends.

— Là, j'me ramasse avec une question sur le futur où ma prof voudrait que je parle de programmes de cégep pis toute, mais c'est pas ça que j'veux, moi.

Je me sens tellement bien soudainement. C'est fou. Je ne sais pas si j'ai les mêmes idées que Théo au sujet de l'école, mais je me sens privilégiée qu'il se confie à moi. Un peu comme avec Alice, quand on était tout le temps ensemble et qu'on pouvait tout se dire. Mais ça m'a pris des mois avec elle pour ne plus être gênée. Avec Théo, c'est presque instantané. Bizarre, mais en même temps je me sens spéciale. Si je lui avais dit la vérité sur la danse, peut-être que lui aussi se serait senti comme ça.

Je m'étire un peu pour reprendre son crayon et j'ouvre son cahier. J'écris dans le haut de la page : « Les VRAIES affaires que je veux faire dans mon futur (pas le futur, genre, en 2050 avec des autos volantes, mais mon futur proche). » Théo me regarde en me faisant son petit sourire que je commence à aimer. Wô ! Pas aimer, genre amour, là ! C'est juste chouette de reconnaître une expression chez quelqu'un. Comme la face qu'Alice fait quand je lui donne la moitié de ma palette de chocolat le midi. Je la connais par cœur, cette face-là et... je l'aime ! C'est tout.

CHAPITRE 14

Jour 15 – Alice au pays de la poussière

Alice se glisse entre les chaises de la bibliothèque jusqu'à moi comme si c'était un labyrinthe. Elle a un sourire épeurant de mannequin en plastique dans la face et des petits yeux pas sûr-sûr qu'elle devrait être là. Je lui fais un faible sourire. Je sais qu'elle espère plus, mais bon, c'est le plus de bonheur que je peux exprimer pour le moment. La bibliothécaire me regarde avec insistance. Elle accepte qu'on discute, Théo et moi, quand il n'y a pas grand monde, ce qui veut dire presque tout le temps, mais elle connaît le talent d'Alice pour causer la plus féroce des otites. Mon amie s'assoit près de moi.

– HÉ, LOU !

– T'es pas censée être à la piscine en ce moment ?

– Problème de TEMPÉRATURE...

– Toi ou l'eau ?

— L'eau, NOUNOUNE!

Ça fait quand même drôle de la voir assise ici. Avec Théo, on commence à se créer une bulle.

— LOU ? J'peux te POSER une QUESTION ?

— Ben oui, voyons!

Pas sur la danse, pas sur la danse, pitié! Je ne suis pas capable de parler de ça. Elle poursuit, un peu gênée.

— J'ai entendu dire que t'avais un nouvel ami...

— Théo ? Je le connais pas vraiment...

— Ouais. C'est pas un peu BIZARRE TOUT ÇA?

— Euh, je comprends pas...

— Il est pas UN PEU VIEUX?

Vieux! Wow, je ne savais pas que secondaire 5, c'était considéré comme vieux! Comment elle a pu entendre parler de Théo et moi? Ce n'est pas comme s'il y avait des tonnes d'élèves qui venaient s'étendre à la bibliothèque juste pour la présence relaxante de la bibliothécaire.

— Tu trouves pas ça bizarre qu'il se tienne avec une fille de secondaire 3 ? IL A PAS D'AMIS, CE GARS-LÀ ?

Je ne sais pas. J'avoue que je me pose aussi certaines questions sur lui. Mais ça se peut, quelqu'un qui aime être tout seul, non ? En même temps, c'est comme naturel qu'il s'assoie avec moi à la bibliothèque. Il n'y a personne d'autre et on s'entend bien... je trouve.

— Ça paraît pas tant que ça qu'il est en secondaire 5... moi-même, je l'avais oublié ! Alice, je comprends que c'est un gros changement. Avant, on était tout le temps ensemble, pis c'était vraiment chouette comme ça, mais là, j'ai du temps à passer ici. C'est tellement long, tu comprends pas à quel point je m'ennuie ! Théo m'aide à passer le temps... même plus que ça !

— PLUS que ça ?

— C'est pas ce que je veux dire ! Plus dans le sens qu'on parle de plein d'affaires, pis ça me fait du bien.

Les yeux d'Alice se mouillent un peu. Je sais qu'elle essaie de ne pas pleurer. D'habitude, c'est avec elle que je parle de plein d'affaires. Le pire, c'est que j'aimerais ça trouver de quelle manière je pourrais tout lui dire. Mais c'est plus fort que moi. Et, pour être honnête, ça fait du bien de connaître quelqu'un de nouveau. Un gars en plus. On parle de toutes sortes de choses, de dessin, de films et aussi d'avenir. Celui que j'avais si bien dessiné, mais que je dois brûler. J'essaie de rassurer Alice.

— Tu restes ma meilleure amie, Alice. OK ? Faut pas que t'aies peur pour Théo, il est gentil, vraiment.

— Ouais... OK...

— J'te jure ! C'est comme mon ami... ma connaissance de bibli, OK ? Je ne lui ai jamais parlé en dehors ! C'est juste pour ici, juste pour avoir quelqu'un.

Ses yeux se mouillent encore.

— Alice... on pourrait peut-être se voir... peut-être pas en fin de semaine, mais l'autre d'après ?

— Je vois pas mal les filles de natation ces temps-ci.

— Ah... OK.

— Mais appelle-moi... on sait jamais !

Sans sourire, cette fois, elle tourne les talons et refait le labyrinthe à l'envers. Je n'ai pas réussi à la consoler et je n'ai pas le courage d'essayer. Je ne suis pas capable de prendre soin de quelqu'un ces temps-ci. Je sais, c'est vraiment égoïste, mais c'est trop pour moi.

CHAPITRE 15

Jour 20 - Déluge de nourriture prémâchée

Ça va faire bientôt un mois que la bibliothèque a remplacé mes cours de danse. Les jours où Théo est là passent super vite. Je l'aide à répondre à ses questions pas si débiles que ça finalement et on jase de plein d'affaires. J'ai appris d'autres trucs sur lui. Comme le fait qu'il a doublé. C'est donc la deuxième fois qu'il fait son secondaire 5. Je le comprends d'être tanné.

De mon côté, je suis fière de moi sur certains points. 1. C'est la première fois que je suis amie avec un gars. 2. C'est la première fois que je suis amie avec quelqu'un de plus vieux que moi. Théo a genre 17 ans ! Il ne faut pas qu'Alice apprenne ça, elle va le trouver encore plus vieux.

Malgré tout, je me sens encore bizarre. Je fais des cauchemars de danse presque chaque nuit, avec différentes variantes.

Variante 1 : Je me ramasse nue sur scène. Classique.

Variante 2 : Je vomis sur scène et tout le monde dans la salle m'imite, entraînant alors un déluge de nourriture prémâchée.

Variante 3 : Je danse tellement mal qu'Elliot, qui est dans la salle, se lève et commence à rire de moi. Son rire est tellement fort que la musique arrête et tout le monde finit par l'imiter. Cette fois, le déluge goûte encore plus dégueu.

Je ne vois presque plus Alice à l'extérieur de l'école. On dîne ensemble tous les midis, mais il y a quelque chose de différent. On a plus de difficulté à dire des niaiseries. Comme s'il fallait être sérieuses maintenant. Elle m'a posé quelques questions sur le trouble anxieux. Je pense qu'elle a même fait des recherches sur Internet. C'est super gentil de sa part, mais je ne suis pas capable d'en parler. Je sais qu'elle voudrait être plus là pour moi, mais je n'arrive pas à être naturelle avec elle. C'est tellement bizarre ! Pour changer de sujet, on parle d'Elliot.

Elliot. Rien n'a changé de ce côté-là. Je bave encore sur sa nuque pendant les cours et la lave me monte jusqu'aux cheveux quand j'ai le bonheur/malheur de le croiser de trop près dans les couloirs. Il ne reste qu'un mois d'école et nos moments précieux n'existent que dans mes histoires inventées. Il me semble que je mérite d'avoir mon premier chum! Un gars doux et beau, qui pourrait saupoudrer mon vide intérieur de paillettes multicolores.

— Théo?

— Ouais...

— Toi... t'as sûrement déjà eu... j'veux dire... t'as sûrement déjà été avec quelqu'un, non?

— Euh, oui... oui, j'ai déjà eu des blondes, si c'est ça que tu veux savoir.

— OK.

— Pourquoi? Tu tripes sur moi?!

Argh! Pourquoi j'ai dit ça? Il va penser que je suis intéressée! Moi, petite secondaire 3 qui ne connaît rien de la vie. Vite! Des mots, Louane, trouve des mots avant que tout le rouge du monde explose dans ta face.

— Hein? Ben non, ben non! C'est pas ça!

— Lou, j'te niaise, capote pas.

— C'est juste que... y'a un gars qui m'intéresse, mais j'suis pas capable de parler aux gars dans la vie.

— Tu me parles.

— J'sais ben, mais, mettons, aux autres gars.

— J'peux savoir c'est qui ?

— Tu le connais pas.

— Encore mieux !

J'avoue. Théo, c'est plutôt quelqu'un de solitaire. Son meilleur ami a fini son secondaire l'an dernier et il est obligé de recommencer son année sans lui. Ça doit être difficile. Il parle à différents groupes de personnes à l'école, mais sans plus. Il ne risque donc pas de partager mes histoires d'amour impossible avec qui que ce soit.

— C'est... Elliot, là, dans mon année, le...

— Le genre de musicien ! Tu tripes sur lui ? !

— Ben... oui... pourquoi ? Tu dis ça comme si j'avais aucune chance.

— Ben non ! C'est pas ça ! C'est juste que je pensais pas que c'était ton genre. Non, non, il est pas mal cute !

— Cute ?

— Ben, ouais... sauf peut-être son toupet trop long, ses culottes trop serrées, pis...

— Eille !

— J't'agace, il est beau, ton Elliot.

— C'est pas MON Elliot, OK ?

Mon Elliot. Wow. Bon, je n'aime pas l'idée d'imaginer Elliot comme un objet, à vendre sur les tablettes d'un magasin, mais en même temps... Mon Elliot, ça sonne bien. Théo embarque dans les grandes questions.

— Lui as-tu déjà parlé ?

— Euh, une fois, j'pense.

— OK...

— Ris pas de moi !

— Je ris pas! C'est juste que tu sais que parler une fois à quelqu'un, ça fait pas des enfants forts!

— Je... je veux pas faire d'enfant, calme-toi, je veux juste... je sais pas moi... le connaître.

— OK, OK.

— J'aurais pas dû t'en parler. Au moins Alice, elle, elle essaie de m'aider.

— Tu veux de l'aide?

— Ben... oui!

— J'ai une idée!

Il ramasse ses affaires en vitesse et sort de la bibliothèque comme s'il venait de se faire pogner par la bibliothécaire en train de regarder le livre dans la section des arts où on peut apercevoir le côté d'un sein. Il revient à peine une minute plus tard et se rassoit près de moi.

— Mais il faut que j'attende que la cloche sonne...

CHAPITRE 16

Jour 21 - Bibliothèque botanique abandonnée

Je suis une plante verte dans un pot de terre moisie. Toujours assise à la même place, dans le fond de la bibliothèque. Le corps mou de ne pas avoir dansé depuis beaucoup trop longtemps. Peut-être que je n'en suis même plus capable. Peut-être que ça s'oublie la danse, que mon corps ne pourrait même plus comprendre comment faire. J'entends de la musique dans ma tête aujourd'hui. Un rythme que j'oublie de plus en plus. Enfin, je crois.

— Pourquoi tu *shakes* d'la tête de même?

Théo apparaît, toujours en retard, et s'assoit lui aussi à sa place habituelle. Mais lui, il n'a pas l'air d'une plante verte. Lui, on dirait qu'il peut sortir de son pot quand il le veut. Genre, ses racines peuvent se transformer en jambes pour lui permettre de s'enfuir. Puis de revenir.

— Hein? Ah, rien... j'ai une toune dans tête.

— OK. Regarde ça !

Il dépose deux billets sur la table.

— C'est quoi ?

— Des billets pour la soirée de vendredi à l'école !

— Je savais même pas qu'il y avait une soirée.

— Oui, je sais, c'est pas vraiment ton genre, ni le mien d'ailleurs, mais ton beau Elliot sera là, alors j'ai pensé...

— Comment tu le sais ?

— Il joue ce soir-là.

— Quoi ?

— Avec son groupe de musique, tête de mule ! Il va être sur scène une bonne partie de la soirée.

Un *show*, une soirée. Ça fait beaucoup de choses en même temps. Elliot sur scène, des gens qui dansent partout... et je souligne ici le mot « danse » parce que c'est important. Théo ne remarque pas mon inquiétude.

— Et après, qui sait, il va peut-être rencontrer la femme de sa vie !

— Ha ! T'es con !

— Au contraire ! Je suis un génie ! C'est parfait comme endroit pour rencontrer quelqu'un.

— Je... je serai pas capable de lui parler, pis en plus il va avoir plein de groupies autour de lui toute la soirée.

— Ben non ! Je vais m'occuper des groupies, moi, tu vas voir !

J'éclate de rire. Juste m'imaginer Théo entouré de filles me donne envie d'y aller.

— J'vais être avec toi, t'sais... on boira du punch trop sucré, on mangera des chips au ketchup, mais pas trop pour pas que t'aies la bouche toute rouge, pis on écoutera sa musique.

— Ouin...

— Lou ! C'est TA chance de lui parler ailleurs qu'entre deux cours plates ! En plus, y fait noir dans ces soirées-là !

— C'est quoi le rapport ?

— Ben, si tu rougis, ce que tu vas probablement faire une bonne partie de la soirée, il va même pas le remarquer ! C'est parfait comme plan, oh que oui ! Je suis l'homme le plus génial de la terre !

— T'es pas pire.

— QUOI ?!

Il lève son poing dans les airs pour imiter un superhéros venu à mon secours. Beaucoup trop crampée pour la bibliothécaire sans bonheur, j'agrippe le bras de Théo pour le baisser et me fais prendre dans une prise de l'ours. Théo me serre dans ses bras. Ça fait du bien. C'est comme le câlin que ta mère te donne quand tu as cinq ans et que tu vas dormir pour la première fois chez une amie. C'est doux et ça veut dire : « Fais-toi z'en pas... si t'aimes pas ça, on s'invente un code et je viens te chercher ! »

— OK !

— OK ?

— Oui ! MAIS tu ne me laisses jamais toute seule !

— Ben non ! Promis, juré, craché !

Théo se racle la gorge pour faire semblant de se préparer à cracher. La diabolique bibliothécaire lui lance un regard meurtrier. Il ravale sa salive en faisant beaucoup trop de bruit. Je ris dans mon coude pour ne pas déranger le seul étudiant qui semble réellement étudier tout près de nous. C'est sûrement lui, l'espion d'Alice. Petit sourire de Théo. J'adore.

CHAPITRE 17

Jour 23 – Grand gourou de l'amour

Théo et moi relisons la liste des VRAIES affaires qu'il veut faire dans un avenir plus ou moins rapproché.

Faire un cours de dessin avec modèle.

— Euh... dessiner des filles nues, genre?

— Ouais. Ou des gars, là, ça me dérange pas.

— Tu serais pas gêné?

— Pas tant.

C'est fou! J'aimerais être aussi à l'aise avec les gens. Peut-être que c'est pour ça que j'ai rencontré Théo. Pour m'aider à me sentir mieux avec les autres. Je devrais enregistrer mes conversations avec lui et les faire écouter à Alice. Elle comprendrait ce qu'il m'apporte.

— OK! Voudrais-tu faire ça de ta vie, mettons? Du dessin?

— Je sais pas... Peut-être! Ou de la peinture...

— À numéros!

— T'es vraiment pas drôle!

— Quoi? Oh non, faut tellement pas que je fasse des blagues de même ce soir!

— Ha ha! Non, commence pas à te censurer, c'est poche ça! S'il te trouve pas drôle, ou intelligente, ou, je sais pas moi, n'importe quelle qualité qu'une personne peut avoir, ben, c'est juste un con ton Elliot!

— OK, OK! Calme-toi! Y m'a rien fait, là!

— Je sais. S'cuse. J'espère vraiment que ça va cliquer entre vous deux.

— Moi aussi.

— Non! Pour vrai?

Même si Théo n'arrête pas de m'agacer avec Elliot, je sais qu'il veut que ça fonctionne. Il prend quand même son rôle de grand gourou de l'amour au sérieux.

— Vas-tu porter ça, ce soir, Lou?

— J'sais pas... j'avais pas pensé à ça. Sûrement, oui.

— OK.

— Pourquoi?

— Pour rien! C'est beau ce que tu portes, mais me semble que ça serait bien qu'il te voie dans du linge que tu mets pas à l'école...

— Tu penses?

— J'suis pas un spécialiste, là...

— Effectivement...

— Mais c'est pour toi. C'est toujours le *fun* de se sentir confiante dans ce genre de soirée là... Donc, si tu as, je sais pas moi, une robe de cachée dans ton garde-robe et que tu trouves jamais de bonne occasion pour la mettre, ben...

— Ouin... j'vais regarder ça... mais je te garantis rien!

Une robe cachée... pas vraiment! Peut-être que je pourrais en parler avec Alice. À moins qu'elle soit déjà occupée avec ses amies de natation. Des meilleures amies que moi...

— Eille, tu pourrais venir avec moi faire des dessins de nu!

— Ben oui! La seule chose que je sais dessiner, c'est des bonshommes allumettes!

— Ouin, pis?

— Ben, c'est déjà nu, ces affaires-là!

— Bon point...

CHAPITRE 18

Soir du jour 23 - Grand gourou des chips

On est à la porte depuis deux longues minutes. Le groupe a commencé à jouer et deux ou trois personnes essaient déjà de danser au milieu du gymnase. Les gens sont différents dans ce genre de lumière, déguisés en ados qui font le party. Théo est venu me chercher en vélo. Je me suis assise sur son guidon comme dans les films, c'était super drôle. Il est beau, Théo, ce soir. Pas beau, je te marie dans les prochaines secondes, mais juste beau normal. Ça peut être beau la gentillesse, et je trouve Théo vraiment gentil. Je tire sur ma jupe en espérant que, magiquement, elle s'étire un tout petit peu plus. Je ne l'avais jamais mise de ma vie, maintenant je me souviens pourquoi.

— Arrête de tirer sur ta jupe! T'as pas l'air confiante pis les gars aiment les filles qui se sentent bien dans leur peau.

— T'es sûr de ça?

— Ben oui! OK, viens.

On entre et Théo se dirige directement vers la table de punch.

— Ça aide d'avoir les mains occupées. On se sent moins niaiseux d'être debout à regarder les autres danser.

— OK.

Il nous sert chacun un verre. Je pense reconnaître quelques personnes, mais il fait trop noir pour que je puisse bien voir. Théo avait raison sur ce point. Je souris dans ma tête. J'ai passé la fin de l'après-midi à m'imaginer danser avec Elliot. Il était doux. Il dansait bien.

— Ça te fait super bien cette jupe-là!

— Merci, Théo, mais t'es pas obligé...

— Obligé de quoi? De te trouver jolie? Voyons! Bon, dis-moi, comment tu t'sens à date?

— Hum... je sais pas encore, on dirait.

— T'as le choix : soit on s'assoit avec notre verre pis on jase un peu en écoutant le grand talent de ton mignon garçon, soit on va danser !

— Je sais pas...

— Au pire, tu peux danser sur mes pieds. Pour ton genou.

— Hein ?

— Ben, ta blessure ?

Ma tête s'enfonce dans mon mensonge. Une autre raison d'aimer l'éclairage tamisé de ce soir.

— Ah, oui ! Mais... oui, ça va là, je peux pas faire une chorégraphie, mais je peux danser un peu, ça va mieux mon... mon genou.

— Donc ?

— Je veux bien aller m'asseoir.

— Good !

Théo vole une tonne de chips sur une table remplie de cochonneries et me montre le chemin vers un petit coin assez près de la scène, mais quand même pas trop, pour qu'on puisse parler.

CHAPITRE 19

ENCORE soir du jour 23 –
Pas super gourou finalement...

Le groupe, c'est-à-dire Elliot et ses amis, a fini de jouer. Je sais que j'aurais dû aller danser près de la scène pour qu'il me remarque, mais je n'ai pas eu le courage. De toute façon, je passe une super belle soirée avec Théo.

– OK. Combien tu penses qu'il y a de monde qui va vomir ce soir ?

– Y'a même pas d'alcool dans le punch, Théo !

– Je sais ! J'te parle pas de vomir parce que t'es trop saoul, je parle ici d'un vomi beaucoup plus humble.

– Ah oui, lequel ?

– Celui des crottes de fromage, ma chère !

– Ark ! Méga orange !

— Genre fluo! Bon, t'es prête?

J'espérais quasiment qu'il ait oublié notre objectif principal. Me semble que j'ai déjà relevé beaucoup de nouveaux défis ce soir. Ça ne pourrait pas être assez?

— Prête à quoi?

— Ben, si tu veux lui parler ce soir, c'est maintenant. Il a rangé sa guitare depuis un bout.

— Oui, mais là, il parle avec un gars.

— Ouais, mais si t'attends qu'il soit tout seul, ça va jamais arriver! C'est un party, Lou, le monde jase, ils sont en groupe, c'est normal.

— OK.

Huit millions de petites voix dans ma tête se bousculent. Est-ce que je suis vraiment prête à lui parler, à le regarder directement dans les yeux? On dirait que mon amitié avec Théo m'a habituée à être face à face avec un gars. Mais Elliot, ce n'est pas juste un gars. C'est LE gars qui fait craquer mon cœur de partout. C'est le moment. Si je n'essaie jamais, mon cœur ne sera pas seulement craqué, mais complètement détruit par la honte de n'avoir jamais eu le courage de lui parler. Théo me sort de mon nuage.

— OK, quoi?

— Ben, j'y vais... Je dis quoi en premier?

— Commence par : « T'as des belles fesses! »

— Théo!

— Ben non, j'te niaise! Commence par : « Hé! Super bon ton groupe! Je vous avais jamais entendus! »

— Bonne idée! Pis après?

— Ben là, Lou, je suis pas un télésouffleur! OK, vas-y! T'es belle, remplie de sucre ET de sel, y'a rien qui peut t'arriver!

OK. OK. OK. C'est le moment. Théo a raison. Sauf quand il dit que je suis belle. C'est trop étrange d'entendre un compliment. Je ne suis pas entraînée ni à les recevoir ni à remercier correctement celui qui me les fait. Avoir un chum m'aiderait peut-être à devenir une pro en la matière. Une autre preuve que je dois parler à Elliot! Je replace une dernière fois ma jupe un peu trop courte à mon goût, regarde Théo (un petit sourire pour la route, ça ne fait jamais de tort) et m'approche d'Elliot.

– LOOUUUUUU!!!!!!! QU'EST-CE QUE TU FAIS LÀ?

– Hé, Alice!

Ce qui est drôle, c'est que sa voix généralement trop forte a le parfait calibre pour une soirée dansante.

– JE SAVAIS PAS QUE T'ALLAIS VENIR! POURQUOI TU ME L'AS PAS DIT?

– Oui, s'cuse-moi... je pensais pas que t'aimais ça...

– QUOI? DANSER COMME UNE DÉBILE DEVANT LE PROF D'ANGLAIS, LA VESSIE PLEINE DE JUS PIS DES RESTES DE CHIPS AU KETCHUP DANS LES ONGLES? J'ADORE!

– Ha!

– T'ES AVEC TON... AMI?

Son ton n'a pas changé depuis la dernière fois qu'on en a discuté. Elle pense que Théo est un genre de méchant gars trop vieux qui va m'entraîner dans l'enfer de la vieillesse. Pas l'enfer des rides là, mais elle pense que, puisqu'il aura bientôt 18 ans, ce n'est pas normal qu'il soit mon ami. Je n'ai même pas le temps de répondre qu'elle continue avec ses jugements.

— T'AS CHANGÉ, LOU.

— Ben oui, mais pas en mal!

— JE SAIS PAS... T'AS JAMAIS VOULU VENIR À UNE SOIRÉE COMME ÇA! ET LÀ, JE TE TROUVE ICI, EN PLEIN MILIEU D'UNE *DATE* AVEC LE GARS VIEUX ET BIZARRE DE L'ÉCOLE. TU PORTES UNE MINI-JUPE, LOU! C'EST PAS TOI!

— Elle est pas si mini que ça!

Comment lui expliquer? Ma meilleure amie de toujours trouve que je change, quand moi, j'ai juste l'impression de m'ouvrir. J'ai besoin de changer! Je ne veux pas être pour toujours la fille qui regarde sa vie passer en coulisses. J'ai besoin d'action et Théo m'aide à agir, c'est tout.

— Alice... tu comprends pas.

— SI TU PRENAIS LE TEMPS DE M'EXPLIQUER AUSSI !

— Je sais...

— TU POURRAIS COMMENCER PAR ME LE PRÉSENTER.

— Qui ?

— TON CHUM !

— C'est pas mon chum, OK, arrête avec ça ! Oui, un jour je vais te le présenter, mais là, je... j'ai une mission.

— CORRECT... J'AI COMPRIS...

— Non... c'est que je... je vais parler à Elliot.

La face d'Alice ressemble à celle d'un écureuil qui s'est pris la patte dans un piège à ours. Elle est figée et ses yeux semblent vouloir sortir de ses orbites. Son état de choc m'empêche de savoir si elle est contente ou non pour moi.

– LOUANE! T'ES-TU DROGUÉE COUDONC?

– Hein! T'es malade! Ben non, je... je suis prête, OK, j'y vais!

– EUH... OK, OK. BONNE CHANCE.

Ouf! Au plus profond de moi, ça m'a fait du bien de voir Alice, mais disons qu'elle m'a un peu déconcentrée de mon objectif, qui est d'éblouir ou, du moins, d'intéresser un peu Elliot. Je l'aime encore autant, mais on dirait que je me sens gênée avec elle. Elle m'a vue m'effondrer, pleurer huit lacs Saint-Jean. Je me sens... faible devant elle.

– Hé, Alice?

– OUI?

– On se parle bientôt, OK? Promis.

– OK...

Elliot est maintenant à un mètre de moi. Il se retourne. Les gars avec qui il discutait continuent de jaser entre eux.

— Hé! Full bon musique de groupe tantôt!

— Quoi?

— Euh... vous êtes vraiment bons!

— Ah! Merci!

— Je savais pas que tu jouais de la guitare.

— Ah, non? J'pensais que tout l'monde à l'école le savait... je la traîne partout.

— Oui, oui, je sais, là, mais ça aurait pu être autre chose dans la boîte.

— Comme quoi?

— J'sais pas, moi... un violon!

— C'est vraiment petit un violon...

— Ouais. C'est vrai.

OK... Je ne sais pas ce que je suis en train de faire, mais j'ai l'air super niaiseuse devant le gars le plus intéressant de l'école. Je me retourne et regarde en direction de

Théo, toujours assis à notre table. Il lève son verre vers moi pour m'encourager. Elliot se retourne vers ses amis.

— Euh... t'as-tu fait le devoir d'histoire?

— Hein?

— Le devoir sur la Première Guerre... tu l'as-tu fait?

— Pourquoi tu m'parles de devoir dans un party?

— Ah! Ben oui, j'avoue, ç'a pas rapport.

— OK.

— OK. À tantôt, peut-être, en tout cas!

— Ouais...

Si la salle était illuminée, les gens montreraient du doigt ma face rouge qui veut juste se cacher sous un sac de papier et y rester. Je marche beaucoup trop vite jusqu'à la table où Théo me fait une grimace d'incompréhension.

— Qu'est-ce qui s'est passé coudonc?

— Chus nulle! J'ai tellement eu l'air d'une conne!

— Interdit d'utiliser le mot «conne» devant mes oreilles d'ange!

— Arrête, t'es pas drôle.

— Ben voyons! Explique-moi.

— J'ai parlé tout croche... et je lui ai posé une question sur le devoir d'histoire, t'imagines!

— OK, OK. Bon, c'est pas le sujet le plus intéressant, mais c'est pas grave, Lou. La première fois, c'est la plus difficile. T'as brisé la glace, c'est bon ça!

— Ouin...

— Ben oui, j'te jure!

Je vide mon verre de punch. Le sucre va peut-être m'aider à faire un *black-out* et à oublier mes facultés sociales inexistantes. J'aimerais pouvoir claquer des doigts et me retrouver dans mon lit, la face cachée sous mes couvertures. Dire que je me suis imaginé des dizaines de fois parler à Elliot et, chaque fois, j'étais tellement... moi! Juste moi!

— OK, Lou, c'est l'heure de danser!

— Ouin... j'sais pas.

— Oh que oui ! Je te l'ai dit, si t'as mal au genou, je vais te soulever dans les airs comme Cendrillon, mais tu viens danser !

— Elle vole même pas, Cendrillon.

— On s'en fout, viens !

Théo me prend par la main et m'entraîne au milieu des autres sur la piste de danse. La musique est bonne et Théo est tellement énervé que j'embarque presque tout de suite. Je danse doucement, en balançant mon corps de gauche à droite. J'aperçois Alice au loin qui danse avec les filles du club de natation. Elles nous montrent du doigt et semblent parler de nous. Peut-être que je suis juste parano.

Théo me prend les mains et me fait bouger un peu plus. J'essaie de suivre son rythme. Une première chanson se termine, une autre encore plus populaire commence. Tout le monde crie de joie. Théo lève les bras. Il danse un peu n'importe comment, mais j'aime ça.

Je remarque Elliot qui nous regarde, Théo et moi. On dirait que lui aussi parle de nous à ses amis. L'un d'eux le pousse sur la piste de danse. Il est derrière moi. J'augmente le rythme pour l'impressionner un peu, lui montrer que je danse bien, que je suis bonne dans quelque chose. Il se rapproche de moi. Je regarde Théo avec une face mi-heureuse mi-je-ne-sais-pas-quoi-faire. Théo recule pour laisser la place à Elliot. Je continue de tenir le rythme, j'ajoute quelques petits mouvements de bras de temps en temps pour montrer que je m'y connais. Je sens le souffle d'Elliot dans mon cou. Ça, ou l'air conditionné du gymnase, mais en tout cas c'est proche de moi.

Une main se pose sur ma hanche. Je devine à l'expression sur la face de Théo que c'est bel et bien Elliot qui m'invite à danser et que je ne suis pas dans l'un de mes scénarios. Je me sens un peu bizarre d'être dos à lui, mes fesses sont un peu trop proches de son... en tout cas. Je me retourne et il est là, devant moi, la main toujours sur ma hanche. OK, OK, respire, Louane, c'est juste un gars. Oui, OK, c'est LE gars sur lequel je tripe depuis mille ans, mais quand même. J'essaie de suivre son rythme, de lui faire sentir que c'est avec lui que j'ai toujours rêvé de danser et avec personne d'autre.

Je me sens quand même bien. Je pense. J'ai chaud. La chanson glisse directement à une autre, toujours aussi rythmée. Pas de chance que je danse mon premier *slow* ce soir. Je garde le rythme, Elliot aussi. On se fait des petits sourires de temps en temps, mais j'évite de lui parler, de crainte de dire quelque chose de trop ou de pas assez. J'ai soif. Ma gorge se serre de plus en plus, je ferme les yeux, j'essaie de calmer ma respiration. Je recule un peu pour que la main d'Elliot se détache de mon corps, j'étouffe, ça tourne...

Je me tourne pour voir où est Théo. Il est toujours près de moi, il danse avec Judith... non, Justine... Je commence à voir flou, Elliot prend mes mains, elles sont moites. Je n'entends plus bien la musique, mes jambes, mes bras, plus rien ne veut bouger. Ça recommence. Pourtant je ne suis pas en représentation, je suis dans un party, entourée de gens que je connais, à ENFIN danser avec le gars qui me fait fondre. Ouais, fondre, c'est exactement ce que je suis en train de faire devant lui. Je repousse ses mains, prononce un petit «J'dois y aller» qui ressemble plus à «boua yayé» et me sauve par la porte la plus proche.

Je me retrouve dans un corridor vide. On dirait que mes mains et mon cœur continuent de danser tout seuls, sans musique. J'entends la porte s'ouvrir derrière moi. Elliot? Il m'a suivie, il veut savoir si je me sens bien? Je me retourne. C'est Théo, apeuré. Il me prend dans ses bras. J'éclate en sanglots.

— Il t'a touchée, le maudit, hein, c'est ça ?! J'vais le frapper. C'est sûr que j'vais le frapper. Assis-toi là, j'reviens.

— Théo ! Attends !

Théo revient vers moi. Je dépose ma tête sur son épaule. Il me flatte un peu les cheveux, ça fait du bien.

— Ton cœur bat vraiment vite. Respire, Lou.

— Je… je suis pas capable.

— Pas capable de quoi ?

Il me décolle de lui et appuie son front contre le mien.

— Respire en même temps que moi… bon, j'suis plein de sueur, mais au pire lèche-moi le front, le sel va t'aider à te sentir mieux.

— Dégueu…

— Même pas.

Il essuie mes yeux avec sa manche de chandail. On reste comme ça quelques minutes. Je crois. Ma respiration reprend son rythme normal. J'arrête de pleurer.

— Qu'est-ce qui s'est passé, Louane ? Si c'est Elliot, je peux encore le défigurer si tu veux.

— Non, non, c'est pas lui.

— C'est quoi d'abord ?

— C'est moi... j'suis tellement débile !

— Hé, wô ! Je t'ai parlé de mes belles oreilles d'ange.

— Je suis pas normale.

— Hum... j'avoue que c'est l'une de tes plus belles qualités.

— Je suis sérieuse.

— Moi aussi.

Il est trop parfait. Ce n'est pas normal ! Pourquoi il veut autant m'aider ? Peut-être qu'Alice a raison. Peut-être

qu'il veut quelque chose de plus que juste être mon ami ?
Je dois lui dire la vérité.

— Théo... Je t'ai menti.

— T'es en amour avec la bibliothécaire fantomatique ?

— Ben non ! Je... je suis pas blessée au genou pour vrai.

— OK...

— Je suis désolée.

— Ça va, mais va falloir que tu me dises pourquoi t'es à la bibli aussi souvent parce que je vais commencer à croire que t'es une de mes amies imaginaires !

— T'es con !

— Ou une agente du FBI qui enquête sur la bibliothécaire tueuse en série !

Il est drôle et rassurant à la fois. Mon cœur joue encore de la batterie dans ma poitrine, nos fronts sont tout près, nos yeux aussi. Une bulle parfaite pour lui parler pour de vrai.

— C'est que... il y a un peu plus d'un mois, y'avait un *show* super important à l'auditorium.

— Un *show* de danse?

— Oui. Ça m'était déjà arrivé à la partie de basket. Pendant que je dansais... je me sentais pas bien. En plein milieu de la choré, sans que je sache pourquoi. J'étouffais, j'avais envie de vomir, je voyais flou. Je pensais que c'était juste une passe, que j'étais juste un peu fatiguée, mais là, au gros *show* full important, ça m'a fait la même chose.

— Oh ouin! OK! T'as fait quoi quand c'est arrivé?

— J'ai arrêté de danser, j'ai figé, là, devant tout le monde, devant des recruteurs d'une troupe de danse importante... qui sont mes idoles... J'ai figé, pis je suis sortie en courant.

J'ai parlé... je ne pensais pas que ça serait si simple. Malgré le fait que je lui aie menti, il reste là et m'écoute.

— Et ce soir, tu t'es sentie de la même manière?

— J'pense, oui.

— T'avais-tu dansé depuis le *show* ?

— Non, jamais.

— Peut-être que c'est la même chose. Y paraît que le corps a une méga mémoire. T'as dansé pis les sensations sont revenues.

— Ouais... peut-être.

On se regarde encore un peu. Mes yeux me piquent. Un mélange de fatigue et de larmes séchées. Théo me prend par la main.

— Tu veux faire quoi ?

— Pour la danse ?

— Non, là, ce soir.

— Je sais pas.

— On rentre ?

— On rentre.

— Tu peux même embarquer sur mon guidon de vélo comme la princesse au bois dormant.

— C'est quoi le rapport?

— Ben, elle dort...

— Ouin, pis?

— Faut ben que quelqu'un la transporte! Tu comprends vraiment rien aux princesses.

CHAPITRE 20

Jour 26 - Un monde sans gravité

La fin de semaine a été trop courte. J'aurais voulu que l'école soit déjà terminée, pouvoir appuyer sur le mini piton *reset*, qu'on peut juste atteindre avec un trombone, et tout oublier. J'ai TOUT fait pour ne pas croiser Elliot dans les corridors. Je connais son horaire par cœur, donc ça n'a pas été trop compliqué. Dit comme ça, j'ai l'air d'une maniaque, mais bon, ça m'a sauvé la vie aujourd'hui.

Je n'ai pas non plus reparlé à Théo depuis qu'il est venu me porter chez moi en vélo. J'aurais aimé qu'il soit avec moi à la bibliothèque aujourd'hui, mais aucune trace de son sourire moelleux. Peut-être qu'il est fâché à cause de mon mensonge. Je ne sais pas pourquoi j'ai menti... En fait, je dis n'importe quoi, je sais très bien pourquoi je lui ai dit que j'étais blessée. Je voulais qu'on prenne soin de moi, que l'on comprenne la douleur que je ressens. Me semble qu'un genou enflé, c'est une image plus facile à comprendre qu'une fille en panique qui s'effondre.

J'ai l'impression que tous les morceaux de ma vie qui se plaçaient de manière naturelle avant sont maintenant éparpillés dans un monde sans gravité. Tout flotte autour de moi, la danse, Alice, Théo, Elliot. C'est comme un tourbillon incontrôlable et je ne sais pas quelle particule je dois attraper en premier. Chacun mérite ma présence, mon attention. Je devrais prendre soin d'Alice. Essayer d'offrir autant à Théo que lui essaie de me donner. Apprendre à connaître Elliot pour de vrai, pas juste dans mes rêves. Et la danse... peut-être que je dois laisser partir ce morceau-là ? C'est encore trop flou pour moi.

Mon été va ressembler à quoi ? Avant d'avoir mon étiquette indélébile dans le front, je grattais toutes les minutes avec Alice pour boire le plus possible de *slush* à la framboise bleue, écouter des films et ratatiner dans ma piscine. Maintenant, elle ratatine ailleurs, avec les filles de natation. Je la comprends. Elle ne pouvait pas m'attendre éternellement non plus. Je pense que mes parents et mon frère sentent que je m'isole de plus en plus, mais ne savent pas trop quoi faire. Peut-être que je me transforme en tortue. Je me construis ma propre carapace pour que personne ne voie que c'est en désordre dans ma tête. Même si je me cache sous ma coquille, j'espère que mes parents penseront quand même à me garder un morceau de lasagne.

CHAPITRE 21

Jour 27 - Robinet et céréales

J'ai l'impression que mes jambes collent sur la chaise de bois. Genre, je deviens une fille-chaise. Mon corps est raide, mes pieds sont bétonnés, comme quand on marche avec des bottes de ski. Depuis la soirée dansante, on dirait que je fais mille mini crises d'angoisse par jour. Je marche dans le corridor, j'étouffe; je fais pipi, j'étouffe; je mange des céréales, j'étouffe. Je ne comprends pas pourquoi je continue de venir ici.

J'ai eu un papier du médecin pour arrêter la danse, peut-être que je pourrais en avoir un pour arrêter l'école. Arrêter de devenir une momie et surtout arrêter de mentir à mes amis. Je répète à Alice que je vais mieux, mais c'est complètement faux. Elle me laisse de plus en plus seule pour dîner. C'est normal de perdre patience avec une fille aussi mêlée que moi. Je devrais pouvoir assumer ma lâcheté bien enfoncée dans mon lit. À l'abri. À l'abri de quoi? Je ne sais pas vraiment. À l'abri de moi, je suppose. Tout ce qui se passe présentement est de ma faute. C'est moi qui ne suis pas normale.

— Hé, petite, je peux vous tenir compagnie ?

Théo. Je ne l'ai pas revu depuis qu'il a répandu sa sueur sur mon front.

— Je suis pas petite.

— OK. Si tu veux. Comment ça va ?

— Ça va.

— T'es pas obligée de me mentir. Encore, j'veux dire.

Je sens dans sa voix qu'il est fâché contre moi, mais qu'en même temps, il veut vraiment savoir si je vais mieux.

— Théo. Je... je suis vraiment désolée... je suis telle-ment stupide d'avoir dit ça. Je savais pas comment expliquer ce que j'avais... je sais même pas comment me l'expliquer à moi-même...

— Je sais.

— J'ai tout gâché. Ta soirée, mes chances avec Elliot, ma vie entière !

Des larmes coulent sur mes joues, mais sans aucun sanglot. C'est comme si un robinet s'était ouvert et que je n'avais pas la force de le refermer.

— Bon, une chose à la fois. Premièrement, j'ai passé une super belle soirée avec toi. Tu me fais rire, tu juges pas mon linge, mon âge pis ma façon de danser, qui s'apparente étrangement à celle d'un singe.

Je souris un peu à travers mes larmes infinies.

— Deuxièmement, pour Elliot, c'est le meilleur test que tu pouvais lui faire passer. S'il voulait juste danser avec n'importe quelle fille et que c'est tombé sur toi, il te parlera plus jamais. Mais si tu l'intéresses vraiment, il va te reparler.

— Tu penses?

— Oui! Pour vrai, ça va en dire beaucoup sur le genre de gars qu'il est.

Théo a le don de mettre du crémage sur ma vie de gâteau sec. Il y a tellement de questions sur mon futur, sur mes relations que je ne me suis jamais posées!

Surtout, je ne connais pas ça, moi, les gars. C'est compliqué.

— Ouin. Peut-être.

— Troisièmement : ta vie.

— J'ai pu rien, Théo… la danse, c'est toute ma vie. J'y pense tout le temps ! Avant, je dansais dans ma douche, en faisant des maths, pis même en dormant !

— C'est peut-être ça le problème ?

— Hein ?

— Ben, c'est pas normal que quelque chose soit toute ta vie, non ? La vie, c'est censé être plein d'affaires ! Des amis, des projets, des nouveaux trucs à essayer… Tu penses pas ?

Je n'ai jamais regardé les choses sous cet angle-là.

— Je sais pas. Je trouve ça beau les gens qui sont passionnés par quelque chose pis qui vont au bout. Comme les athlètes olympiques qui s'entraînent comme des fous ou… je sais pas…

— Les bibliothécaires qui lisent tous les livres de la terre entière?

— Ben, pour vrai, oui! C'est beau, non? C'est ça la passion!

— OK... Mais c'est quoi... tu penses faire ça de ta vie, de la danse?

OUI! Oui, je le veux! Je veux plus que tout faire de la danse tous les jours, toutes les minutes, toute ma vie! Théo n'a pas l'air convaincu.

— OK, mais juste faire ça? Pas de chum, pas d'enfant, pas de voyage?

— Ben, les enfants je sais pas, mais oui, je veux voyager et, oui, je veux un chum... quoique, si je reste toujours aussi bizarre, pas sûre que quelqu'un va vouloir de moi.

— Ouin... tu devrais essayer la Chine. Tu parles pas leur langue. Ils comprendront pas la différence entre un genou pis un trouble anxieux.

Ça sonne étrangement moins médical dans sa bouche. Il réussit encore à me faire sourire.

— T'es vraiment niaiseux.

— Je sais.

Théo sort une feuille lignée et un crayon de son sac. Il écrit en en-tête : « Mes PASSIONS, parce que, oui, j'en ai plusieurs, parce que c'est plus génial. » Je lui lance un sourire moqueur.

— Tu sais ce qui est génial, toi ?

— Vraiment. Je suis même en train de lancer une nouvelle mode à l'école.

— Ah oui, c'est quoi ?

— Être ton ami, Lou.

Wô… Je sens soudainement mes épaules se relâcher. Pas juste mes épaules, en fait. Tout mon corps. Je me sens comme dans mon pyjama en flanellette avec des têtes de chiens partout dessus. Quoique… non ! Je ne veux pas que Théo me voie dans mon pyjama ! Pyjama = image de lui et moi couchés dans un lit. Je n'ai jamais fait ça, moi, me mettre à l'horizontale avec un gars. Ça va trop vite, trop loin. Je me concentre sur lui, je dois changer de sujet.

— C'est quoi tes passions, toi ?

— J'en ai plusieurs, mais j'aime surtout rencontrer des gens.

— Dans quel sens ?

— Pas dans le sens de faire des rencontres amou-reuses ! J'aime juste ça rencontrer des nouvelles per-sonnes. Apprendre à connaître leur histoire.

— Je ne vois pas pourquoi tu te tiens avec moi.

— Pourquoi ?

— Je t'ai menti à notre première conversation. Mon histoire à moi, je l'ai modifiée.

— Ouin... c'est pour ça que je t'oblige à écrire la liste.

Il place la feuille devant moi, dessine des petits sourires un peu partout dessus et me tend le crayon. Il se tasse de son côté de la table.

— Dérange-moi pas, là, j'ai du travail.

J'essaie de deviner dans son regard s'il est sérieux ou non. Qu'est-ce qu'il est en train d'inventer encore ? J'ose lui demander.

— Tu fais quoi ?

— Je développe mes passions.

— Bonne blague.

Il prend aussi une feuille et commence à dessiner la bibliothécaire en Darth Vader. C'est devenu une obsession. Il passe beaucoup trop de temps ici.

CHAPITRE 22

Jour 28 – *Grilled-cheese* et apocalypse

C'est l'apocalypse dans ma bu-bulle de bibli. Un des profs de français de secondaire 3 a décidé d'initier ses élèves à la recherche en bibliothèque. Il appelle ça un « retour aux sources ». Selon moi, c'est plus une manière de gagner du temps avant la fin des cours et d'imposer les élèves les plus énervés du monde à la bibliothécaire. Je suis donc pognée à essayer d'écrire ma liste de passions (qui est encore vide) parmi une gang d'enfants pas de tête. Bon, j'ai le même âge qu'eux, mais je me sens vraiment plus mature...

Tantôt, j'avais écrit *grilled-cheese* sur ma liste, mais Théo l'a barré. Malgré notre grande admiration partagée pour le fromage fondu, il ne pense pas que je peux considérer ça comme un passe-temps. Il n'est pas mieux que moi, lui, avec son obsession pour la bibliothécaire. Aujourd'hui, il l'a dessinée version elfe de maison... Dobby n'a jamais été aussi bien vêtu.

— Me semble qu'un elfe de maison, c'est plus rata-
tiné que ça d'habitude.

— C'est un nouveau genre.

— OK... Tu devrais pas demander la permission à
J.K. Rowling pour inventer un nouveau genre ?

— C'est correct, j'ai pris une bière avec elle hier...

— Ah ouin ! Pis elle boit quoi ?

— Ben, de la bière au beurre, voyons !

Je donne une petite tape sur le bras de Théo en riant. Il
a beau être plus vieux que moi, parfois ses blagues
disent le contraire. Un nouveau groupe de français entre
dans la bibliothèque. Oh non... c'est le groupe d'Elliot. Je
veux immédiatement redevenir Louane la chaise, vite,
vite, je dois disparaître ! Théo me donne un coup de
coude.

— Hé, je savais pas que ton gars savait lire !

— C'est pas MON gars, tu te souviens ?

— Ouin... il ne t'a pas reparlé depuis ?

— Non. Mais disons que j'ai tout fait pour pas qu'il me parle.

Accompagné de trois autres gars, Elliot parcourt quelques rangées de livres. Il me voit. Il regarde Théo, puis me regarde encore. Il a la face la plus neutre du monde. Pas moyen de savoir à quoi il pense. Théo lui fait un signe de la main. La mienne se précipite pour baisser son bras.

— Qu'est-ce que tu fais ? !

— Ben... je sais pas...

— Tu le connais même pas.

— M'en fous ! J'ai le droit de dire salut aux gens.

Théo se retourne et salue un groupe d'élèves qui passe près de notre table.

— Hé, salut, mon vieux ! Oh, beau chandail ! Hé, t'as donc ben grandi, toi !

— Arrête !

— Avoue que tu trouves ça un peu drôle quand même.

Drôle, je ne suis pas certaine. Gênant, oui. Elliot ne rend pas son signe de la main à Théo et disparaît dans une allée.

— Bon. Je dois pas être son genre.

— T'es niaiseux.

CHAPITRE 23

Jour 30 – Anne Frank, le supposé *bum* et moi

Ça fait deux fois qu'Elliot passe sa période de français à la bibli. Il n'arrête pas de nous regarder, Théo et moi, avec un air étrange. Disons que le regard d'Alice n'est pas vraiment mieux. Oui, Alice. La piscine est en réparation pour plusieurs jours et le coach fatigué a décidé de catapulter ses apprenties poissons parmi nous.

Là, ça fait 20 minutes qu'Elliot est dans la section des BD. Il dépose quelques livres sur une table et marche... vers moi ! Oh non, non, non, je ne suis pas préparée pour ça ! Je vais encore lui poser des questions poches sur l'école ! Ma face bout, j'agrippe la cuisse de Théo avec force pour lui sortir la tête de ses dessins. En lâchant un « ayoye ! » trop puissant pour l'endroit, il remarque Elliot qui marche vers nous. Il dégage ma main de sa cuisse et se lève. Je le regarde, terrorisée.

— Respire, Lou... c'est juste un humain.

Théo s'éloigne. Elliot s'accote sur ma table.

— Hé, salut!

— A... Allo!

— C'était super, l'autre fois, danser ensemble, non?

— Ben... oui. OUI! C'était vraiment super!

Bon, j'ai dit ça avec trop d'enthousiasme, mais je m'en fous. S'il a vraiment aimé ça danser avec moi, je capote!

— Le gars avec qui t'es tout le temps...

— Théo?

— Ouais, lui. C'est ton chum?

— Hein?! Ben non! C'est juste... c'est mon ami, c'est tout.

— Je savais pas que tu te tenais avec du monde de même.

— Qu'est-ce que tu veux dire?

— Ben avec des *bums*, là...

Bon, un autre qui ne comprend pas Théo ! OK, oui, il n'aime pas vraiment l'école, mais il a des bonnes raisons. En plus, je le trouve plus intelligent que la plupart des gens que je connais. C'est un autre type d'intelligence. Pas une intelligence, genre, « je retiens toutes les dates dans mon cours d'histoire », mais plus d'écoute des autres. Il est toujours conscient de ce qui se passe autour de lui et ça m'impressionne. Rien à voir avec un *bum* ! C'est mon ami, je dois le défendre.

— Théo... c'est pas un *bum*...

— Y'a pas doublé plusieurs fois, ce gars-là ?

— Oui, mais ça change rien...

— Si tu l'dis. Eille, voudrais-tu m'aider ?

— Euh, ben oui !

— On fait un travail en français sur la fille, là... Anne... la fille qui était enfant pendant la guerre... la deuxième, là...

— Anne Frank ?

— Ouais, c'est ça ! Regarde, tu m'aides déjà ! Donc, on a lu son livre, pis là je dois faire des recherches sur sa vie pis toute, pour après écrire un nouveau chapitre au livre, comme si elle était pas morte.

Oh ! Il est tellement mignon ! Je le trouve courageux de venir me demander ça. Il veut passer du temps avec moi. C'est fou ! Oui, je le veux ! Je veux l'aider !

— OK... Donc, tu dois inventer un chapitre de la vie d'Anne Frank ?

— Ouais, c'est ça ! Voudrais-tu m'aider à chercher des livres ?

— Ben oui, OK !

Je me lève, je regarde Elliot se diriger vers une rangée de livres et j'écris en lettres majuscules sur ma liste de passions : « ELLIOT ».

CHAPITRE 24

Jour 31 - Vers ma résurrection

Aujourd'hui, j'aide encore Elliot pour son travail. On se parle aussi à l'extérieur de l'école. Bon... pas en vrai, mais sur l'ordi. On s'écrit de plus en plus. On parle de plein d'affaires! Pas de la danse par contre, je ne suis pas prête. Au moins, je ne lui ai pas menti, à lui. Je lui ai juste rien dit. Je m'améliore! Je suis assise à ma table habituelle, un livre énorme posé devant moi. J'écris toutes les infos que je trouve pertinentes. Théo n'arrête pas de soupirer à côté de moi.

— Tu trouves pas que t'en fais un peu trop, Lou?

— De quoi tu te mêles, Théo?

Théo baisse les yeux. Ouin... c'était un peu bête comme réponse.

— Qu'est-ce que tu veux dire?

— Ben, me semble que, depuis trois jours, tu fais juste lire des livres que t'as même pas besoin de lire pendant que monsieur le grand artiste jase avec ses amis.

— Ben là... y travaille aussi... y'a écouté un film en fin de semaine sur la Deuxième Guerre mondiale.

— Eille, wow! Ça, c'est de la recherche!

Je me sens bizarre. J'ai envie de défendre Elliot. Il a tellement de qualités. Théo ne voit pas toutes les belles conversations qu'on a, le soir.

— Je veux l'aider, OK! Ça me fait vraiment plaisir.

— Ouin... t'sais, quand je t'ai dit l'autre jour que c'était pas une super bonne idée de penser à une seule chose dans la vie?

— Hum...

— Ben, tu recommences.

— De quoi tu parles?

— Avant tu pensais juste à la danse, pis là, ben tu penses juste à lui!

— Même pas vrai!

— Ben oui! Louane, t'es en train de faire son travail de français à sa place! Il t'utilise, le gars, c'est clair!

Comment il peut me dire ça? Elliot ne m'utilise pas, il a envie de passer du temps avec moi. Notre relation s'est développée depuis la soirée et c'est normal qu'on veuille passer plus de temps ensemble. Chaque relation évolue à son rythme et on est rendus là. En plus, Théo ne le connaît même pas.

— C'est pas ça! Peut-être que quand il m'a demandé de l'aide pour le travail, il voulait juste me parler, mais qu'il trouvait pas de raison pour le faire! Peut-être qu'il me trouve de son goût pis que là, il veut être avec moi plus souvent!

— Tu penses? Pourquoi il n'est pas assis avec nous d'abord?

— Peut-être parce que t'es là!

— Pardon?

— Ben... il m'a demandé si t'étais mon chum l'autre jour! Moi, je pense que c'est toi qui l'empêches d'être avec moi!

— Pour vrai, Lou, tu capotes!

— Si t'es jaloux, tu peux t'en aller!

— Avec plaisir, ma grande!

Théo sort de ses affaires ma liste de passions. Il barre le nom d'Elliot en haut de la liste et dépose la feuille devant moi en tapant sur la table.

— Y'a une raison pourquoi t'es enfermée ici depuis deux mois, Lou. Utilise ce temps-là pour toi, pour aller mieux. Pas pour baver sur un gars avec trop de toupet dans face.

— Tu te trompes. Être « enfermée » ici, comme tu dis, ç'a été un calvaire depuis le début! Pis là, d'avoir enfin la chance d'être avec le gars sur qui je tripe depuis mille ans, ça va m'aider à aller mieux.

— Je savais pas que j'étais un si grand calvaire.

— Non, Théo, c'est pas ça que je voulais dire... c'est pas toi...

— Ouais... c'est ça... bonne chance dans ta résurrection. Je vais te libérer de ton calvaire...

— Théo !

Mes yeux picotent à cause de l'eau qui monte. C'est compliqué être amie avec des garçons finalement ! Je me lève de ma chaise, mais reste immobile, les deux paumes appuyées sur la table. Je ne comprends plus mon propre corps. Ni ma tête...

CHAPITRE 25

Jour 32 – Petit doigt et air climatisé

J'ai presque terminé le travail d'Elliot. Depuis que Théo ne s'assoit plus avec moi, Elliot vient me voir de temps en temps. Mais le plus beau, c'est qu'il m'écrit tous les soirs. Il me parle de lui, j'ai l'impression de vraiment bien le connaître maintenant. Il s'intéresse à moi, mais il m'a dit qu'il était trop gêné de le montrer devant les autres. Un peu comme moi, dans le fond. Il fait quelques recherches de son côté pour le travail, mais il trouve ça difficile. Ça ne me dérange pas de l'aider, moi. C'est un sujet intéressant... quand même. De toute façon, juste le fait de sentir son regard sur moi à la bibli m'inspire.

De sa table, Théo me lance des regards. Je m'ennuie tellement de lui, mais je n'ai pas le courage d'aller lui parler. Il ne comprend pas à quel point c'est une chance pour moi de me rapprocher d'Elliot. En même temps, Théo me fait sentir... moi-même. Je sais que c'est bizarre, mais je ne me suis jamais sentie aussi vraie avec quelqu'un. Comme si je n'avais pas à forcer quoi que ce soit. Je ne savais pas que ça pouvait être facile d'être soi-même. Elliot s'approche.

— Pis? Ça avance bien?

— Oui, vraiment!

— Super! Tu t'es chicanée avec ton ami?

— Ouin... je sais pas.

— C'est mieux comme ça, tu trouves pas? On peut être ensemble plus souvent.

— Hum.

Elliot s'assoit sur le rebord de la table et dépose sa main près de la mienne. Wô... c'est la première fois que la main d'un gars est aussi proche de la mienne. Bon, il y a eu celle de Théo, même que nos faces ont déjà été super proches l'une de l'autre, mais ce n'est pas pareil. Nos petits doigts se touchent! Malgré mes joues en feu, j'ai un frisson. Comme si l'air climatisé venait de monter d'un coup. Je ne sais pas quoi faire. Je souris en le regardant dans les yeux. Il me fait un clin d'œil.

— Je sais pas ce que je ferais sans toi, Louane.

— Ben voyons...

— J'te jure! Ça existe pas assez du monde comme toi!

— Merci.

— Bon! J'te laisse travailler, hein! Lâche pas, t'es la meilleure!

Il retire sa main et retourne s'asseoir avec ses amis. Théo me regarde, l'air déçu. J'ai envie de lui crier: «Elliot aussi me fait sentir moi-même, OK? Il n'y a pas juste toi!»

CHAPITRE 26

Jour 34 – Réglisse et poussière de livre

J'ai terminé! Après quatre après-midi complets, plus tous les soirs à la maison. C'est certain qu'Elliot va avoir une note de fou! Je n'ai jamais mis autant de temps sur un devoir. Je ne suis pas la meilleure à l'école, mais je pense que j'ai fait une superbe suite à la vie d'Anne Frank (je suis certaine qu'elle-même aurait aimé vivre pour vrai cette vie-là). Le travail entre mes mains, un sourire de victoire étampé sur ma face, j'attends Elliot à ma table habituelle. Théo est, quant à lui, à sa NOUVELLE table, en face de moi. Je ne sais pas s'il attend des excuses ou s'il a tiré un trait sur notre amitié. Elliot s'approche. Il était temps, mes mains sont tellement moites que la page de présentation du travail commence à gondoler. Je suis tellement fière de moi!

— Tout est prêt?

— Oui!

— T'es vraiment géniale, Lou.

Sa main retrouve la mienne sur la table. Il me démontre de plus en plus d'affection et me dit tous les soirs par écrit à quel point il me trouve incroyable. C'est fou! Je ferais n'importe quoi pour lui. Il tire sur ma main pour me faire lever.

— Tu veux venir avec moi dans le fond, là-bas?

— Euh, je sais pas...

— T'as tellement travaillé fort... faudrait ben que je te récompense un peu...

Récompense? Je ne suis pas un chien... Il veut sûrement dire qu'il aimerait passer plus de temps avec moi. Il est un peu maladroit dans ses mots, mais ça lui donne un charme. Il me tire par la main et m'entraîne dans une allée au fond de la bibliothèque. On dirait que la réalité rejoint soudainement mes scénarios. Il m'accote contre le mur et approche sa bouche de la mienne. Ça sent la réglisse et la poussière de livre. Ses lèvres effleurent les miennes.

— Est-ce qu'un gars t'a déjà embrassée?

— Je... je sais pas...

Quoi ?! C'est quoi cette question-là ? Non ! Non, aucun gars ne m'a jamais embrassée, en tout cas, pas dans la réalité. Pourtant, je devrais me sentir à l'aise de lui dire la vérité. Il m'a parlé de ses relations, lui, du fait qu'il n'avait pas encore trouvé la fille de ses rêves. Peut-être qu'il est temps de lui dire qu'il est le seul et unique gars de mes rêves depuis le moment où il a mis les pieds dans cette école.

— Comment ça, tu sais pas ? C'est le genre de moment qu'on n'oublie pas, Lou...

— Non... non...

— Jamais ?

Un large sourire apparaît sur son visage. Il est content ou il rit de moi ? Je ne sais pas comment je devrais me sentir. La peau de mes bras colle sur le mur défraîchi de la bibli. J'ai de la difficulté à le regarder dans les yeux tellement il est proche. Il respire fort et sa voix est bizarre, comme s'il imitait un personnage trop masculin dans un film d'action.

On dirait qu'au lieu de me sentir belle, je sens juste ma bouche qui produit trop de bave et ma gorge qui n'arrive pas à avaler. Sa bouche fonce sur la mienne et, avant que j'aie le temps de réagir, je sens sa langue. J'étouffe. Ses deux mains se baladent partout sur mon corps, je suis prise entre le mur et lui. Je n'arrive pas à vivre le moment... Est-ce que je devrais aimer ça ? La réglisse disparaît. Ça goûte juste la bave. Je le pousse un peu avec mes mains.

— Euh... attends, Elliot. Je... je suis pas bien.

— Ben non... laisse-toi aller, tu vas triper...

Il continue, son corps est écrasé sur le mien. Je veux juste que ça arrête. J'essaie de fermer ma bouche pour l'empêcher de m'embrasser, mais ça ne fonctionne pas.

— Arrête, OK ! S'te plaît...

Sa bouche se décolle un moment, mais le poids de son corps m'empêche de bouger.

— T'es vraiment belle...

Belle ! Avec le corps étampé sur le mur, j'ai l'impression d'être une crêpe qui goûte la vieille bibliothèque, arrosée de microbes et de honte. Encore une autre chose que je n'arrive pas à faire comme le reste du monde. Je me sens comme si l'une de mes crises d'angoisse s'était matérialisée en Elliot. Il m'étouffe avec son corps, ses mots.

— J'vais t'apprendre comment bien embrasser.

Il recommence à voler avec sa langue tout l'air qu'il me restait dans ce minuscule racoin de la bibli. Je veux crier, je dois crier. J'essaie de bouger mes jambes. Avec l'un de mes pieds, j'écrase ses orteils.

— Ouch !

— Je... désolée... je suis pas bien... je...

Il me plaque encore plus fort contre le mur. Je deviens ce mur, muette, plate, beige.

— Pas grave... j'ai même pu mal... t'es juste trop stressée.

Et là, même si mes poumons sont remplis d'une pâte mi-poussière mi-bave, je réussis à monter le ton.

— ARRÊTE !

— HÉ !

Alice! Elle arrive dans l'allée de livres comme une tornade. Elle agrippe Elliot par les épaules. Une bouffée d'air entre dans mon corps. Mes genoux lâchent, la gravité me rattrape et mes fesses s'écrasent au sol.

— GROS DÉGUEULASSE! ELLE T'A DIT DE LA LÂCHER!

— Toi, lâche-moi! C'est elle qui m'a supplié!

Alice tire encore plus fort sur ses épaules pour essayer de le faire tomber. La voix d'Alice, si forte, si présente et gênante dans un environnement normal, devient la voix la plus belle et la plus réconfortante du monde entier.

— AU SECOURS!

La bibliothécaire apparaît, le visage rouge, les lèvres tremblantes. Derrière elle, Théo. Il fonce à son tour dans l'allée, arrive face à Elliot et, de toutes ses forces, il l'accote contre une étagère. Les livres déboulent de partout. Un groupe d'élèves regarde la scène du bout de l'allée, sans intervenir. Elliot semble prisonnier, mais il garde son trop grand sourire étampé sur ses lèvres, qu'il dirige vers Théo.

— Capote pas! T'as eu ta chance, mais bon, ça prend un vrai gars pour lui faire ce genre de choses!

— J'vais te détruire ta p'tite face de musicien, tu vas voir!

La bibliothécaire, qui semble avoir retrouvé ses esprits, crie du bout de l'allée :

— OK, messieurs! On se calme! On ne crie pas dans la bibliothèque!

Le bras de Théo appuie sur la gorge d'Elliot.

— J'vais crier si j'veux! Y'a des p'tits cons dans l'école qui pensent qu'ils peuvent faire n'importe quoi avec les filles! C'est pas parce qu'une fille est gentille avec toi que tu peux la forcer à t'embrasser!

— On se calme! J'vais téléphoner à la sécurité!

Toujours appuyé sur Elliot, Théo postillonne vers la bibliothécaire.

— Ben, allez-y, madame! Appelez la sécurité, la police même si vous voulez! Un fou comme ça, ça mérite d'aller en prison!

Théo recule d'un coup sec. Elliot s'écroule. Toujours assise par terre, je suis à la même hauteur que lui. Je ne veux plus jamais être à la même hauteur que lui. Il est petit. Petit, laid et dégoûtant! Je me lève. Mon robinet intérieur n'est toujours pas réparé et les larmes débordent de partout. Je ne sens même plus mon visage. Trop de langue... trop de larmes. Alice m'aide à me relever et me prend par les épaules.

— Ça va aller, Lou, je suis là.

Je ne sais même pas comment j'arrive à me tenir debout. Théo regarde Elliot, toujours sur le sol.

— T'sais, le respect, mon gars, ça s'apprend pas le nez collé dans ton toupet. Ouvre les yeux pis regarde le monde autour.

Un agent de sécurité essoufflé arrive au bout de l'allée. La bibliothécaire essaie d'obliger les élèves à retourner à leur place en poussant des petits cris aigus. Théo, Alice et moi marchons pour quitter ce trou humiliant. Elliot se relève.

— Le respect, c'est pour les faibles, mon gars. Toutes les filles aiment ça se faire rentrer dans un mur, c'est excitant.

Et là, toute ma timidité, toute l'humiliation que je viens de vivre s'envolent le temps de quelques secondes.

— Non! Non, c'est pas EXCITANT de se sentir pognée entre de la peinture pourrie pis un gars baveux!

— Pauvre fille. Jamais personne va vouloir de toi!

C'est le mot de trop. Théo se retourne sauvagement, mais Alice le dépasse en une grande poussée de colère. Et là, entre le cri de la bibliothécaire et l'agent de sécurité qui me pousse (encore) contre les livres, le poing d'Alice atteint directement le nez d'Elliot. CRAC!

CHAPITRE 27

Jour 38 – Microbes microscopiques

Être l'esclave de quelqu'un, ça goûte mauvais. Encore plus quand la personne essaie de mélanger ses anticorps aux tiens. Et même pas pour te guérir d'une maladie rare, juste pour son propre plaisir... beurk! Je me sens comme un spaghetti mou dans le fond d'une assiette qui traîne depuis deux semaines. Je n'en ai jamais vu, mais je suis certaine que c'est laid, gluant et sec en même temps.

Je sais que Théo, Alice et Elliot ont eu droit à une longue visite chez la directrice. Elliot est suspendu pour quelques jours. Je trouve ça niaiseux. L'école se termine dans une semaine, c'est comme lui donner des vacances plus tôt que tout le monde. Alice et Théo ont deux soirs de retenue. Être puni pour aider son amie, c'est bizarre. Ç'a l'air que c'est à cause de leur réaction violente. Ouin... j'avoue que donner un coup de poing, ça sonne violent.

Moi, ma rencontre a été courte. La directrice voulait juste s'assurer que je n'étais pas blessée physiquement.

Ça commence à être récurrent dans ma vie. Je m'écroule sur scène devant des centaines d'élèves, solution : on m'époussette dans un coin de la bibliothèque. Un gars dégueu m'embrasse sans mon consentement, solution : on m'installe dans un local fermé de la bibliothèque.

Je dois maintenant faire mes devoirs dans ce local microscopique. C'est supposément pour ma sécurité et mon bien-être. Ici, il n'y a qu'une chaise, un bureau riquiqui, une vitre pour que la bibliothécaire vampire me surveille et moi. Je me sens comme une lépreuse à je ne sais pas quelle époque. Genre, cachez-moi, ma peau se détache !

Je suis Quasimodo, sauf que j'attends encore que ma bosse pousse sur mon dos. Ça ne devrait pas tarder. Les épaules recroquevillées, la tête penchée, la peur de regarder qui que ce soit dans les corridors de l'école...

Ça cogne doucement à la porte. Un concierge qui vient retirer la poussière sur mes rêves ? Un élève perdu ? Un gars en peine d'amour, trop gêné de pleurer devant les autres ?

J'ouvre. Théo et... Alice. Les deux me serrent dans leurs bras. Longtemps. Ils relâchent leur étreinte. Alice me regarde dans les yeux.

— Lou... Comment tu te sens ?

— Ça va... je... Pourquoi vous venez me voir ? J'ai tellement été méchante avec vous !

Mes deux amis, s'ils le sont encore, se regardent. Je prends Théo par les épaules et le tourne vers moi.

— Théo ! Je... j'avais rien compris, tu m'avais avertie, c'est toi qui veux que je me sente bien depuis le début !

— Hé, calme-toi, Lou.

Théo s'assoit sur le bureau, les jambes croisées. Je décide de l'imiter. On est face à face. Il me prend les mains. Alice reste debout, pose sa main sur mon épaule et débute la conversation avec douceur (elle commence à avoir de la pratique !).

— Je suis désolée de ne pas être arrivée plus tôt. Quand je vous ai vus aller vous cacher dans un coin, j'aurais dû deviner. Mais... je voulais pas...

— Tu voulais pas quoi ?

— Je voulais pas vous déranger. Ça fait longtemps qu'on s'est pas parlé, toi pis moi... je sais pas, peut-être que t'étais rendue là.

— Euh, vraiment pas !

On rit un peu, tous les trois. Même si, dans le fond, ce n'est pas drôle, ça fait du bien d'entendre le rire doux de Théo et celui un peu trop fort d'Alice. Mais, avant de me réconforter dans nos rires, j'ai une chose importante à régler.

— Théo ?

— Ouais ?

— Je... est-ce que tu penses qu'on peut être encore amis ? J'veux dire, j'aimerais ça te donner tout ce que, toi, tu me donnes.

— J'avoue que je te donne mille affaires, hein... des billets pour un party où tu fais une crise d'angoisse, par exemple.

Crise d'angoisse. C'est encore dur à nommer, surtout devant Alice. Le mot « crise » me fait peur. C'est telle-ment gros, une crise ! C'est comme un enfant qui pleure dans un magasin de jouets parce que ses parents ne veulent pas lui acheter un toutou géant.

— C'était vraiment une belle soirée... ben, avant la crise, là, c'était super.

— Ouais, j'avoue...

— Pis?

— Pis quoi?

— On peut être encore amis?

— Ben voyons, Lou, c'est certain! Avant que tu apparaisses dans ma bulle de bibli, je me sentais pas mal seul, tu sauras...

— Pour vrai?

— Oui. C'était pas la fin du monde, mais la vie à l'école passe beaucoup plus vite avec toi!

Je me tourne vers Alice. C'est inattendu de voir les deux personnes qui comptent le plus pour moi dans la même pièce. Et rassurant. C'est probablement l'image qui me fait le plus de bien depuis longtemps.

— Alice ?

— Oui ?

— Je... c'est ma faute... je t'ai repoussée... j'avais peur, pis honte surtout.

— Mais pourquoi, Lou ? On s'est toujours tout dit ! Je connais tous tes secrets, je sais AU COMPLET L'HISTOIRE DU CABANON !

Ah... Alice. Toujours programmée pour élever la voix au pire moment. Je suis quand même contente de voir qu'elle n'a pas trop changé. Théo lâche mes mains, faussement outré.

— Euh, je connais pas cette histoire-là, moi !

— C'est pas vraiment important...

Alice et moi éclatons de rire, et la contagion atteint rapidement Théo. Je reprends.

— Alice, j'ai fermé une porte entre nous deux, pis c'était la pire idée du monde. Tu me manques tellement ! M'aimes-tu encore ?

— J'ai pas cassé le nez du gars le plus con de la terre pour rien !

— Il est cassé ?

— Ouais ! Bon, je ne devrais pas être fière, mais quand même, j'aime m'imaginer que, quand il se regarde dans le miroir, son nez cassé lui rappelle ses conneries.

J'avoue que, moi non plus, je ne devrais pas être contente qu'Elliot soit blessé, mais je ressens aussi un genre de soulagement. Durant une petite seconde, je me sens bien. C'est fou comment les gens peuvent nous aider quand on réussit à s'ouvrir à eux. C'est difficile, mais après on se sent moins seuls. Théo et Alice sont ce genre de personnes là. Le genre à qui on peut parler de tout. Ça fait du bien de savoir qu'on a des amis comme ça dans son entourage.

— Merci, mes amis. Mais, attendez... comment ça se fait que vous vous parlez maintenant ?

Théo donne une petite tape sur l'épaule d'Alice.

— Mettons que c'est long, deux soirs de retenue.

Wow. Mes deux meilleurs amis qui se parlent! Moi qui pensais que, puisque je les avais connus dans deux moments de ma vie où je me sentais différente, ils devaient rester chacun dans leur case. Théo sort ma liste de passions de son sac et me la remet. Le nom d'Elliot, que j'avais écrit en grosses lettres en haut de la page, me dégoûte.

— Il reste encore plein de place sur la feuille! T'sais, j'pense vraiment que la vie est plus belle quand on mélange les trucs.

— Quel genre de trucs?

La voix d'Alice reprend du coffre.

— GENRE, BEURRE DE *PEANUT* ET CHOCOLAT?

La bibliothécaire se retourne vers nous. Étonnamment, on dirait qu'elle nous sourit, de l'autre côté de la vitre du local...

Théo reprend.

— Ouais! Genre, tu mélanges des activités que t'aimes avec des gens différents, pis, je sais pas moi, tu fusionnes la pomme dans ton lunch avec des bananes séchées!

Il a tellement raison. Sauf peut-être pour les bananes séchées. C'est beau d'être passionné. C'est beau de s'investir dans quelque chose et d'être fier des heures de travail qu'on consacre à sa passion. Mais la vie, ce n'est pas juste un projet. Ni juste une personne.

CHAPITRE 28

Jour 40 - Un vélo pour faire le tour de la terre

Je suis mi-heureuse mi-stressée. Théo me réserve une surprise. Il m'a assuré que la surprise n'incluait pas les humains de cette école. J'ai dit oui parce que je sais que ça lui fait plaisir et que je pense que sortir d'entre ces murs crasseux va me faire du bien.

Assise sur le banc le plus éloigné des élèves qui courent après leur bus, j'essaie de trouver les arbres beaux. Bon, «les», c'est un peu exagéré, parce qu'en vérité, il n'y a qu'un arbre devant l'école et il ressemble étrangement à la bibliothécaire, mais avec moins d'épines. Je vois Théo arriver avec une attitude plus sautillante qu'à l'habitude.

— T'es prête à changer ta vie à jamais ?

L'art d'être intense sur deux pattes ! J'embarque quand même dans son jeu.

— Oh que oui !

On marche vers son vélo. Malgré son air vieillot, ce vélo-là est solide. Il m'a transportée à ma première soirée et m'a ramenée chez moi après ma crise d'angoisse. Bon, j'avoue que, sans son incroyable conducteur, je ne me serais jamais rendue. Théo l'avance près de moi.

— T'as le choix. Sois tu embarques sur mon guidon, soit on marche à côté.

— On marche.

Théo ne semble pas déçu. Il est beaucoup trop énervé par sa surprise. On marche tranquillement, le soleil me fait du bien. Le sourire de Théo est contagieux. Après une vingtaine de minutes, on arrive devant un centre communautaire.

— Théo... pourquoi on est ici? Dis-moi pas que tu veux que je participe à des cours de dessin avec modèle nu!

— Peut-être! Ben non, viens!

On entre. Les corridors fourmillent de personnes de tous âges. On arrive devant une porte, Théo la pousse et, à

l'intérieur, je remarque des miroirs et un plancher de...
danse! C'est un local de danse!

— Non, non, Théo, je ne suis pas prête. Avec tout ce
qui s'est passé, je ne peux pas...

— Lou, c'est différent ici.

— Je m'en fous! Vraiment, je veux m'en aller.

— S'il te plaît, fais-moi confiance. Je te forcerai
jamais. De toute façon, tu es ben trop forte maintenant pour te laisser faire, non?

Il a raison. Mais pourquoi m'amener danser quand il est
la personne la mieux placée pour comprendre que, dans
la liste d'activités que je souhaite faire, « danse » vient
maintenant après « opération à cœur ouvert »?

On s'assoit au fond du local. Un groupe de six personnes
entre. Ce sont des hommes et des femmes plutôt âgés. Il
y en a même un qui marche avec une canne. Je ne comprends vraiment pas ce qu'on fait ici.

— Théo?

— Laisse-moi faire. Bonjour, tout le monde!

Le monsieur avec la canne avance vers nous.

— Théodore, mon cher.

— Marcel... combien de fois je vous ai dit que je m'appelle juste Théo !

— Oui, oui. Ah, et toi, ma belle fille, tu dois être Louane ?

Il connaît mon nom ? Je regarde Théo, qui me sourit doucement, avant de répondre à Marcel.

— Oui, Louane.

— Parfait ! Mettez-vous en ligne, on commence ça !

Je prends le bras de Théo, un peu déstabilisée.

— On va commencer par vous regarder, OK, Marcel ?

— Bien sûr, mon Théodore, comme vous voulez.

On s'assoit tout au fond. Marcel sort son cellulaire (même lui, il en a un), le branche à un fil relié à des haut-parleurs, puis une drôle de chanson débute. Le reste du groupe s'installe en ligne et commence à danser.

— Théo... Qu'est-ce qui se passe ?

— Marcel donne un cours de danse en ligne deux fois par semaine. Je viens ici depuis deux semaines. J'étais curieux, à force d'entendre leur musique quand je passais devant la porte en allant à mes cours de dessin.

— De la danse en ligne ! Pour vrai ? !

J'ai comme une soudaine envie d'éclater de rire. En même temps, je regarde le groupe suivre la musique en souriant et je trouve ça beau. Marcel est vraiment drôle. Les fesses à moitié accotées sur un petit banc, il balance ses bras sur la musique en lâchant toutes sortes de commentaires rigolos. Théo poursuit.

— J'ai pensé que ça pourrait être une première étape pour toi. C'est peut-être niaiseux, mais j'me suis dit que c'était différent, sans hip-hop, sans gang de filles snobs, sans spectacle, juste des gens qui ont vraiment du *fun*.

— C'est... c'est vrai que ç'a l'air le *fun*.

Théo et moi sommes restés assis en silence durant tout le cours. Je n'ai pas dansé aujourd'hui. Peut-être que je ne danserai pas demain non plus. Mais je sens qu'avec des amis aussi compréhensifs et fous que Théo et Alice, mon été sera beau. J'ai besoin de temps pour mieux me comprendre. Pour m'impliquer sainement dans ce que j'aime et surtout pour découvrir d'autres passions.

Qui sait, peut-être qu'un jour je deviendrai la plus grande danseuse de danse en ligne du centre communautaire! Quoique... Théo a déjà pris de l'avance sur moi! De toute façon, je ne suis pas ici pour être la meilleure. Je veux juste être moi. Louane. Juste Louane.

Avant de sortir du centre communautaire, Théo m'arrête.

– T'as pris ta décision, finalement?

– C'est super drôle comme danse, mais je sais pas si je suis prête à faire ça toutes les semaines!

– Non... pour l'école.

– Ah...

– T'en as parlé à Alice?

— Pas encore.

— Lou... c'est gros... elle va capoter!

— Je sais même pas encore si je suis acceptée!

En parlant du loup: Alice nous attend, assise sur les marches extérieures du centre. Théo a dû lui expliquer son plan diabolique et elle voulait sûrement s'assurer que je sorte en un seul morceau. Les deux décident de me raccompagner chez moi. On marche lentement. La chaleur nous rappelle que l'année scolaire est presque terminée. Arrivés devant ma maison, on croise monsieur Carrier, mon facteur depuis que je suis toute petite. Il avance vers moi avec une pile de lettres et de publicités.

— Il y a une grande lettre pour toi, ma belle Louane!

Stressée, je marmonne un petit « merci » à monsieur Carrier et prends la lettre. Sur le dessus, de grosses lettres noires indiquent: « École Saint-Rhéaume de Duke ».

Je regarde Alice, qui semble se demander pourquoi je reçois cette lettre. Comment lui expliquer? Quelques jours après l'incident Elliot, j'ai fait quelque chose sans trop réfléchir. En vérité, j'avais imprimé le formulaire depuis plusieurs semaines déjà, mais je n'arrivais pas à le remplir. Jusqu'à ce que la simple idée de croiser Elliot tous les jours provoque un choc électrique de mes orteils à mes cheveux. J'essaie de ne pas voir ça comme une fuite. J'ai juste fait un choix. J'ai choisi de ne plus avoir peur et surtout de me donner la chance de recommencer à zéro.

Alice me prend l'enveloppe des mains. Ses yeux me supplient de la laisser l'ouvrir à ma place. Je hoche la tête en signe d'approbation.

Je regarde Théo en essayant d'imiter son sourire qui m'a si souvent rassurée et lui prends la main. On reste là, à tenter de comprendre l'expression sur le visage d'Alice qui dévore la lettre comme si c'était un roman d'amour. Après quelques minutes, elle brise le silence.

— Lou ! Je comprends pas... Tu changes d'école ?

À suivre...